체 게바라의

홀쭉한 배낭

이 도서의 국립중앙도서관 출판시도서목록(CIP)은 e-CIP홈페이지
(http://www.nl.go.kr/cip.php)에서 이용하실 수 있습니다.
(CIP제어번호 : CIP2009001762)

체 게바라의

홀쭉한 배낭

구광렬 지음

실천문학사

차례

배낭 속의 시를 찾아서

체 게바라는 1967년 10월 9일 살해되었다. 사망 당시 그가 메고 다닌 홀쭉한 배낭 속에는 색연필로 덧칠이 된 지도 외 두 권의 비망록과 노트 한 권이 들어 있었다. 두 권의 비망록은 사후 『체 게바라의 일기』라는 제목으로 출간되어 호사가들의 호기심을 충족시켜주었는데, 나머지 노트 한 권은 과연 어떻게 된 것일까. 시가 빼곡히 적혀 있다는 소문만 무성했을 뿐, 그 녹색 스프링노트는 40년간 베일에 싸여 있었다.

최근에 그 노트 속의 시 69편의 저자와 제목들이 밝혀졌다. 바로 체 게바라가 좋아했던 네 명의 시인 파블로 네루다, 세사르 바예호, 니콜라스 기옌, 레온 펠리뻬의 시들이었다.

체 게바라는 왜 노트에다 그것도 살벌한 전장에서 '시'들을 필사했을까? 또 그 69편의 시들은 언제 어느 곳에서 필사되었을까? 수수께끼를 풀기 위해 지금까지 잘 알려지지 않은 체의 전기에 해당하는 자료들과 최근 그와 관련된 연구논문, 사진, 기타 간행물들을 모으기 시작했다. 불과 2개월여 만에 자료가 라면박스 하나 분량이 돼버렸다. 자료의 대부분을 쿠바, 아르헨티나, 칠레, 페루, 볼리비아, 멕시코, 콜롬비아 등 중남미의 시인 친구들로부터 구했다.

분석이 시작되었다. 시인으로서의 체, 체와 시인들과의 관계, 체의 혁명정신과 시들과의 관계 등을 정리해나갔다. 그중 무엇보다 강하게 확신할 수 있었던 점은 체 게바라가 그 노트를 아프리카에서 구입했으며, 그리고 볼리비아에까지 지니고 다녔다는 사실이었다. 기간상으로는 1965년 4월부터 1967년 10월 초순까지가 되는 셈이다.

시들이 필사된 시기, 장소를 아는 게 뭐 그리 중요할까라는 생각도 들 수 있겠지만, 체 게바라에게는 시가 혁명 기운의 원천과 같은 것이었기에, 그의 심경 변화를 유추해보기 위해서도 충분히 가치가 있다고 생각했다. 더욱이 필사된 69편의 시들이 한결같이 전운이 감도는 전장에서, 초긴장 상태에서 필사되었음을 감안한다면 이해가 더 쉬울 것이다.

그렇다면 그 시들은 언제, 어느 곳에서 필사되었을까. 무엇보다 필사된 시들을 분석하고, 체와 그들 네 시인들 간의 관계를 조명하는 작업이 선행되어야만 했다. 한동안의 씨름 끝에 필자는 그 시들 간의 시간적, 장소적 상관관계를 유추해낼 수 있었다. 69편의 시들 중, 필사순으로 52번까지는 콩고를 중심으로 한 아프리카 지역과 관련이 있는 것들이며, 53번부터 60번까지는 쿠바와, 그리고 61번부터 마지막 69번까지는 볼리비아와 관련이 있다는 것이었다. 서술의 편의를 위해 아프리카 시절 , 쿠바 시절 , 볼리비아 시절 과 같이 3기로 나누어 그 69편의 시들을 살펴보았다. 또한 책의 3부에선 지금까지 잘 알려지지 않은 체 게바라에 관한 이야기들을 소개하려 했다. 체의 사망에 관해선 워낙 설이 분분하기에, 비록 인용이긴 하지만 체의 사망 당시 증인들의 인터뷰도 실었다. 그리고 지금까지 국내에 소개된 체 관련 사진들 중, 별다른 설명 없이 게재된 것들에는 그 배경 이야기까지 덧붙여주었다.

국내 출판된 체 게바라 관련 서적들은 일기나 자서전 등 주로 그의 개인적 기록물들을 번역한 것들이다. 특히 체 게바라에 관한 본격적인 연구서적은 국내 출판본이 없는 걸로 안다. 더욱이 체 게바라를 문학도로서 조명한 서적은 국내는 물론 외국에서도 찾아보기 힘들다. 이런 점에서 펜과 칼을 동시에 들고 싸웠던 체 게바라의 펜 부분을 중심으로 풀어나간 이 책은 나름대로 의미가 있지 않을까 생각한다. 특히 녹색노트 속의 시들에 관한 분석은 세계 최초인 만큼 한국인인 필자가 느끼는 감회엔 남다름이 있다. 하지만 겨우 첫발을 디뎠다는 느낌은 지울 수가 없다. 필사 시기 등, 추정에 그치고 만 부분을 확정, 단언할 수 있는 날까지 견마지로를 다해야 하지 않을까 한다.

끝으로 이 책이 나오기까지 도움을 준 쿠바의 '시의 전당Casa de poesía'의 레오노르 가르시아Leonor García 시인, 호르헤 부소뇨Jorge Bousoño 시인, 쿠바작가예술인연합UNEAC의 펠릭스 콘트레라스Felix Contreras 시인, 카를로스 가리도Carlos Garrido 중남미작가연합회장, 우루과이의 사울 이바르고옌Saúl Ibargoyen 시인, 로베르토 비안치Roberto Bianchi 시인, 아르헨티나의 올가 기로탄Olga Guirotane 시인, 그 외 'Poetas del mundo'와 'La voz de la palabra escrita internacional©' 동인들, 그리고 책을 출판해주신 실천문학사에 고마움을 전한다.

2009년 2월 문수산 자락에서
구광렬

홀쭉한 배낭

배낭 속의 물건들

2008년 봄, 필자는 제9회 'aBrace 중남미시인상' 후보로 오른 덕에 쿠바작가예술인연합회의 초청으로 쿠바를 방문했다. 비록 수상은 못 했으나 그곳에서 이 책의 저술에 필요한 자료들을 구할 수 있어, 나름대로 지구 반 바퀴를 돌고 온 보람은 찾을 수 있었다. 상은 쿠바 시인 펠릭스 콘트레라스 에게 돌아갔다. 시상식 날 우린 헤밍웨이가 즐겨 찾았다는 아바나 교외에 위치한 한 식민지풍 식당으로 갔다. 그가 좋아했다던 부둣가의 또 다른 식당, 주위에 흰색 요트들이 정박해 있던 '라 테라싸 '와는 또 다른 분위기였다. 라 테라싸에서는 『노인과 바다』에서의 '푸엔테스'가 두 눈을 반짝거리며 우릴 반겨줄 것 같았지만, 거기서는 체 게바라가 카스트로와 함께 시가 연기 속에서 혁명을 도모하고 있을 것만 같았다.

입구에서부터 라일락 향기가 코를 찔렀다. 넓고도 깊숙해 식당이라기보단 플랜테이션 농장 속 저택 같았다. 펠릭스는 묻지도 않았건만 아바나에 라일락이 있는 집이 세 곳인데, 여기가 그중 한 곳이라고 했다. 그는 나무들의 수령이 자기 나이의 세 배도 더 된다며 손가락 세 개를 천천히 펴 보였다. 밑동을 보니 정말 한국에서 보던 라일락과는 차이가 있었다. 사냥감을 움켜쥔 독수리의 발톱처럼 뿌리 내린 대지를 꽉 그러쥔 모습이 마치 영화 〈바그다드〉에 나오는 울퉁불퉁한 근육질의 그 식인식물처럼 보였다. 나는 멀리 동양에서 온 친구에게 무엇인가 경이로운 얘기를 들려주고 싶어하는 그의 속내를 읽고는 평소보다 더 안면근육의 변화를 도드라지게 하면서 감탄하는 표정을 지었다. 만족한 듯 천진하게 웃는 그는 콧수염을 기른 아이 같았다.

시를 매개로 하나가 된 우린 식탁에 앉아 럼주를 마시며 이런저런 이야기를 끄집어냈다. 마침 그날 월식이 있어 다들 하늘이 연출하는 장관을 놓치지 않으려고 병아리들처럼 술 한 모금에 하늘을 한 번씩 쳐다보고 있었다. 라디오에서 월식을 알리는 시간까지 우린 힐끗힐끗 달을 훔쳐보며 끊어질 듯 이야기를 이어나갔다. 그런 어느 순간이었을까. 술기운을 빌린 나는 일흔이 다 되가는 펠릭스에게 물었다. 당신이 만나본 인간 체 게바라에 관해……. 그는 미소를 띠며, 멀리 지구 반대편에서 날아온 친구를 위해 오래된 기억을 더듬기 시작했다.

"중앙당지 수습기자 시절이었지. 피델이 기자들의 무릎을 군화로 사정없이 까고 있었는데, 옆에 있던 체 게바라가 진정해, 진정해라며 피델을 말렸었지."

노시인의 음성은 아련한 그리움에 젖어 있었다. 월식이 끝나고 식탁 위의 럼주 병들이 바닥을 보일 무렵, 난 그에게 체 게바라의 유품에 관해 물었다. 그중에서도 특히 시가 빼곡 적혀 있었다던 녹색노트에 관해.

이야기는 길어졌다. 2007년 'aBrace' 수상자인 에콰도르의 시몬 싸발라 [illegible] 역시 저쪽 편에서 의자를 끌어당겨왔다. 우린 럼주 몇 병을 더 시켰고 그 후 이야기는 2월 아바나의 짙은 밤 풍경만큼이나 깊어져갔다.

이튿날, '나 홀로 관광'을 즐기기 위해 일행에서 빠져나온 나는 호텔을 잡지 못해 공원 벤치에서 밤을 보내야만 했다. 카스트로 형제의 국가평의회 의장 이취임식이 있던 날이어서, 전국의 평의원들이 아바나로 몰려드는 바람에 빈방을 구할 수 없었던 것이다. 멀리 노랫소리가 들렸다. 미국의 40여 년 경제봉쇄에도 아랑곳 않고 룸바 리듬에 맞춰 엉덩이를 흔드는 나라, 뮤즈만이 신의 자격을 누릴 수 있을 것 같은 이 나라에서 체 게바라의 꿈은 과연 무엇이었을까.

그날 펠릭스와의 이야기는 "1967년 10월 9일 체 게바라는 사망했다"로 시작되었다.

*

1967년 10월 초, 체 게바라는 잦아드는 천식 발작에다 설사까지 겹쳐 혼자서는 걸음을 옮기기도 힘들어했다. 오르막에서는 짐을 가득 실은 그의 노새 '치꼬Chico'의 꼬리를 잡고 행군했으며, 천식으로 기도가 막힐 땐 대원들에게 자기 가슴을 소총 개머리판으로 쳐달라고 부탁하기도 했다. 하지만 대원들 역시 제대로 먹은 게 없어서 극도로 쇠약해져 있었으며, 물이 부족해 자기네들 오줌까지 받아 마셔야만 했다.

10월 8일 새벽, 일행은 세 그룹으로 나눠 최악의 행군을 시작했다. 얽히고설킨 협곡에선 바로 옆 전우조차 알아보기 힘들었다. 감자밭을 막 지난 후, 먼동이 틀 무렵 대원들이 물을 마시려고 개울물 근처로 다가갔을 때 마침 들일을 하고 있던 한 농부가 이들을 목격하고 신고했다. 순식간에 수백 명의 볼리비아 정부군들이 그들을 에워쌌다.

정부군 대위 프라도Gary Prado는 게릴라들이 뿔뿔이 흩어져 도망치는 것을 쌍안경으로 확인한 뒤, 부대원들에게 추격을 명령했다. 얼마 후 병장 베르나르디노Bernardino가 가시덤불을 뚫고 달

아나는 한 게릴라를 향해 소총의 방아쇠를 당겼다. 그 게릴라의 검은 베레모가 하늘로 치솟았다. 모자의 주인은 체 게바라였다. 체가 쓰러지자 대원 윌리Willy가 달려와 그를 부축해 좁은 골짜기를 올라갔다. 하지만 그들이 향한 곳은 적의 박격포 진지였다.

"너희들은 완전 포위됐다. 총을 버리고 투항하라!"

프라도 대위의 힘찬 목소리가 유로 협곡을 쩡 울렸다.

탕! 체 게바라는 답으로 무화과나무 뒤에서 소총을 발사했다. 하지만 정면의 적에 집중되어 있던 그의 눈은 뒤에서 다가오고 있던 세 명의 볼리비아 병사들을 놓치고 말았다.

"꼼짝 마."

하지만 정작 놀랐던 이들은 되레 총을 겨누고 있던 그들이었다. 며칠을 굶었건만 그 형형한 눈빛은 도저히 궁지에 몰린 자의 눈빛이라 할 수 없을 만큼 자존감으로 번뜩이고 있었다.

"이놈들아, 이분이 누구신지 아느냐? 바로 사령관 체 게바라이시다. 너희들도 결국 이분을 존경하게 될 것이야."

놀랍게도 체 게바라가 가장 신뢰하지 않았다던 대원 윌리의 말이었다.

"그래, 내가 체 게바라다……, 쏘지 마라, 너희들의 상관 놈들도 생포해오길 원할 테니까……."

1967년 10월 8일 오후 3시쯤의 일이었다.

같은 날 오후 7시 30분경, 볼리비아 정부군은 체 게바라를 라이게라La Higuera의 아도베 벽돌로 지은 작은 학교 교실에 감금시켰다. 아르투로, 아니세토, 파초, 안토니오 등 다른 대원들의 시체들도 그 방에 놓여졌다. 윌리는 나무 칸막이가 쳐진 옆방에 그리고 중국계 페루인 엘 치노El Chino는 그 옆방에 감금되었다.

쿠바에서 미국으로 망명한 CIA 요원 카를로스Carlos Perez Gutierrez가 이내 체 게바라가 갇힌 방으로 들어갔다. 그는 피를 흘리며 쓰러져 있던 체의 머리채를 잡고선 얼굴에다 퉤, 침을 뱉었다. 체 게바라 역시 "배신자"라는 말과 함께 그의 얼굴에다 침을 뱉는 것으로 응수했다. 둘 사이 고성이 오가고 마침내 얼굴이 벌겋게 된 카를로스가 방문을 박차고 나왔다.

얼마 후 위생병 하나가 들어와 소독약으로 체의 장딴지에 난 총상을 닦아주었다. 전신기사의 아내 닌파Ninfa는 죄수들에게 식사를 나르고, 토티 아길레라Toti Aguilera 소위는 체를 감시하고 있었다. 그때 나무문이 삐걱 열리더니 장교 하나가 들어와 체에게 비아냥거리며 말을 걸었다.

"무슨 생각을 하슈, 당나귀의 불멸성에 관해?"

"아니오, 중위. 난 혁명의 불멸성에 관해 생각하고 있소. 당신들이 모시고 있는 상전들이 그렇게도 벌벌 떠는 그 혁명에 관해서 말이오……."

밤 9시경, 볼리비아 장교들이 식사를 마치고 돌아와 체에게서 체포되지 않은 다른 게릴라들의 정보를 빼내려 했다.

"자, 말해봐. 네 부하 놈들이 어디에 있는지."

장교 중 연대장 안드레스 셀니치 대령의 군화가 총을 맞아 피를 흘리던 체 게바라의 장딴지를 누르기 시작했다. 순간 체 게바라의 묶인 손등이 그의 뺨을 후려갈겼다.

"이 새끼가……."

화가 난 셀니치가 군화로 체의 몸을 마구 짓밟곤 수염을 잡아 흔드니 영양실조 상태였던 푸석푸석한 수염들이 뭉텅이로 뽑혀나왔다. 옆에 서 있던 셀니치의 부하들이 체를 발로 걷어찬 뒤 그의 손목을 뒤로 해서 X자 모양으로 묶어버렸다. 하지만 셀니치는 부하들에게 상부에서 명령이 떨어질 때까지 체 게바라를 죽이지 말 것을 지시했다.

10월 9일 아침, 셀니치는 라이게라 학교 교실 한쪽 구석에 홀쭉하게 놓여 있던 체 게바라의 배낭을 살피기 시작했다. 오랫동안 아무것도 먹지 못한 짐승의 위장처럼 배낭은 형편없이 쪼그라들어 있었다. 그 볼품없는 배낭 속에서 열두 통의 필름과 색연필로 줄이 쳐진 스무 장의 지도, 한눈에도 작동이 되지 않을 것 같은 성능이 의심스러운 소형 무전기, 두 권의 비망록과 녹색의 노트 한 권이 나왔다. 그는 곧 그 두 권의 비망록들이 1966년 11월부터 1967년 10월 사이에 쓰여진 체 게바라의 일기란 걸 직감하고선 꼼꼼히 훑어보기 시작했다.

잠시 후 배낭 속 물건들은 헬리콥터에 실려 라파스로 보내졌다. 그리고 보잘것없던 물건들이 뿔뿔이 흩어진 뒤 비망록들과 노트는 따로 볼리비아군 정보기관의 비밀금고 속에 보관되었다. 한때 볼리비아 정부는 그 내용을 날조하려 들었는데, 당시 볼리비아 내무장관이 이미 복사판을 쿠바에 넘겨버린 뒤여서 계획은 실패하고 말았다.

1980년대 중반, 두 권의 비망록이 세계의 주목을 끌었다. 오랫동안 잊고 있었던 체의 일기장들이 영국 소더비 경매장에 경매물로 나오게 된 것이다. 경매 시작가가 무려 25억 파운드였다는 사실만으로도 체 게바라에 대한 세계의 경이로운 관심을 엿볼 수가 있다. 그런데 누가 경매에 붙였을까? 볼리비아 정부는 조사를 하겠다고 공언한 뒤, 얼마 안 가 배후를 알아냈다. 볼리비아의 전 독재자, 루이스 가르시아 메사Luis García Meza가 그 주인공이었다. 메사는 체의 일기 원본을 어느 브라질 상인에게 팔았고, 그 브라질인은 또 영국의 한 갤러리에 넘겼던 것이다.

1984년 6월, 경매는 중단되었다. 볼리비아 정부의 반복된 요청 때문이기도 했지만 체의 미망인, 알레이다Aleida March가 미망인으로서의 권리를 주장했기 때문이었다. 그 두 권의 비망록들이 바로 훗날 세계적 베스트셀러가 될 『체 게바라의 일기』였

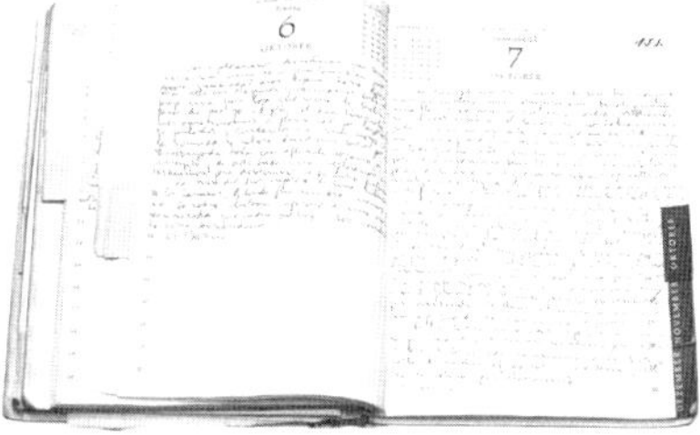

다. 혁명가로서의 모습뿐만 아니라 한 인간으로서의 진솔한 내면을 스케치한 체 게바라의 일기는 많은 사람들을 감동시키면서 인류가 꿈꾸어온 공동선에 대한 열망을 또 한 번 파문지게 했다.

2002년 8월 어느 날 아침, 멕시코의 전기작가 파코 이그나시오 타이보 Paco Ignacio Taibo II 의 사무실, 그의 오랜 친구 헤수스 아나야 Jesús Anaya 가 퉁퉁한 복사서류 한 뭉치를 그의 책상 위에 올려놓는다.

"이게 뭐야? 누구 것이지?"

출판업에 종사하는 아나야는 사뭇 의기양양하게 어깨를 으쓱이며 대답한다.

"누구 것인지 한번 맞춰봐."

타이보는 한 쪽, 한 쪽 넘겨본다. 소름이 끼치기 시작한다. 리드미컬하면서도 절도감이 느껴지는 필체가 아무래도 체 게바라의 글씨 같았기 때문이다.

"어디서 이걸……?"

타이보는 벌어진 입을 좀처럼 다물지 못한다.

타이보는 그의 친구에게 며칠간의 여유를 달라고 했다. 그러고는 그 복사물을 들고 집으로 돌아오자마자 체 게바라의 콩고에서의 일기, 1960년대 초 피델 카스트로에게 보냈던 편지, 팩스, 볼리비아에서의 마지막 일기 등을 펼쳐놓고 필체를 대조하기 시작했다.

훗날 타이보는 서류를 받던 그날 밤 가슴이 터질 것만 같아서 잠을 이루지 못했노라고 했다.

"분명 체 게바라의 글씨체였습니다. 난 천천히 경외심을 갖고 150쪽 모두 읽어나갔습니다. 체 게바라와 가깝게 지내던 시간들이 적지 않았음에도 불구하고 내 심장은 뛰고 있었습니다. 거기에는 시들이 필사되어 있었습니다. 시들은 제목과 일련번호를 달고 있었지만 레온 펠리뻬 외 다른 시인들의 이름은 보이지 않았습니다. 만년에 조국 스페인으로부터 추방당해 멕시코에서 망명생활을 했었던 레온 펠리뻬 말입니다."

타이보는 노트의 상표가 아랍어인 걸로 미루어, 시들이 필사되기 시작한 시점을 체 게바라가 탄자니아의 옛 수도 다르에스살람Dar es Salaam에 머물던 시절쯤으로 추정했다. 그는 돋보기를 서류뭉치에 끼워져 있던 복사 사진 한 장에다 가져갔다. 그건

Esta sale con mucho atraso pues [illegible]
[illegible] y va con correo personal.
El [illegible] se [illegible] mucho. A estas horas
[illegible] Talvez tenga tiempo
[illegible] anunciar [illegible] noticias antes de la salida
Ya tenemos varios [illegible] del partido
[illegible] al [illegible] que parece ser [illegible]
[illegible] una [illegible]
No puedo cifrar toda la carta pues me [illegible]
[illegible], deben mandar unos
[illegible] con el [illegible]
[illegible]

체 게바라가 삼엄한 전투의 긴장과 경계 속에서 나무 등걸에 편안하게 등을 기대고 문제의 노트에다 뭔가를 끄적이고 있는 모습을 찍은 것이었다. 설명이 필요 없었다. 그것은 바로 시를 필사하고 있는 체의 사진이었다.

세미콜론이나 쉼표 등, 그리 중요하지 않은 문장부호까지 일치하는 걸 보면 분명 책을 보며 필사한 것이 틀림없었다. 도합 69편이었다. 그 69편의 시들 중 단 한 편, 65번째 필사된 레온 펠리뻬의 「대모험 La Gran aventura」만이 저자 표시가 되어 있었다. 나머지 시편들은 저자를 알 수 없었다. 하지만 타이보는 몇 달 동안의 연구 끝에 체 게바라가 배낭 속에 넣고 다녔을 것으로 추정되는 시집들의 리스트를 작성할 수 있었다.

"먼저 체 게바라가 좋아했던 시인들의 리스트를 작성하기 시작했습니다. 하지만 그 숫자가 50여 명에 이르러선 방법이 틀렸음을 느꼈어요. 친구들이나 전문가들에게 도움을 청했더라면 좀 더 나은 정보에 의지할 수 있었겠지만 나만의 방법대로 계속 수수께끼에 도전해볼 생각이었습니다."

타이보는 고전적인 방식, 즉 확실한 것들을 솎아낸 뒤 다시 시작하는 소위 셜록 홈스 방식에 의해 시들을 분류하기로 했다. 먼저 이미 알고 있는 시들을 골라냈다. 세사르 바예호의 「검은 사자들」, 네루다의 『스무 편의 사랑의 시와 한 편의 절망의 노래』 중 「절망의 노래」, 「이별」 그리고 니콜라스 기옌의 시들 중 몇 편 등 15편. 결국 파블로 네루다 Pablo Neruda 1904~1973, 세사르 바예호 César Vallejo 1892~1938, 니콜라스 기엔 Nicolás Guillén 1902~1989, 레온 펠리뻬 León Felipe 1884~1968가 열쇠였다. 나머지 54편을 찾아내기 위해 타이보는 이들 시인의 시집 약 50여 권을 모두 읽어야만 했다. 그들 중엔 네루다의 시집 『모두를 위한 노래』에 수록된 시들과 카리베의 음악 〈손 son〉의 느낌이 나는 기엔의 시들, 그리고 묵직한 안데스의 암맥을 느끼게 하는 바예호 시들 등 비교적 쉬운 것들이 있었다.

"눈을 뜬고 하품을 하며 일주일을 보냈어요. 그 결과 69편의 시들 중 67편의 저자를 알아낼 수 있었습니다. 하지만 마지막 두 편이 계속 괴롭혔어요. 체 게바라는 한 편의 시를 두 페이지에다 옮겨 적으면서 그 사이에 또 다른 시를 삽입해놓았습니다. 말하자면 두 편의 시 중간에 또 다른 시가 그것도 부분적으로 들어 있었던 셈이죠."

그 후 며칠 뒤, 체의 앤솔러지가 전모를 드러냈다. 녹색노트엔 위에서 말한 네 명의 시인 외, 다른 시인들의 시는 없었다.

"처음엔 필사 순서가 어떤 규칙을 갖는 듯했어요. 예를 들면 바예호의 시 뒤에 네루다, 또 그 뒤에 기엔, 또 그 뒤에 바예호, 이렇게 8회에 걸쳐 그 순열이 유지되고 있었어요. 그래서 보이지 않는 규칙이 있나 하고 생각했습니다. 그러나 곧 그 규칙이

깨졌습니다. 우연이었지요. 그 뒤의 시들은 더 이상 그런 순열을 보이지 않았어요."

체 게바라는 무순, 무차별적으로 네 시인의 시를 필사했다. 시들은 저자별로 나열되어 있지 않았으며 특별한 규칙을 띠는 것도 아니었다. 오히려 출판 일자가 필사 시기보다 늦은 책들이 있어 잠시나마 타이보를 당황스럽게 만들었다.

"기옌의 시 중 「아꼰까구와」는 1967년 말에 출간된 시집 『대동물원』에 실렸던 것인데, 그땐 이미 체 게바라가 사망한 뒤의 일이죠. 하지만 의문은 이내 풀렸습니다. 그 시집은 쿠바의 '혁명의월요일'이란 출판사에서 1959년에 한 번 출판된 적이 있었거든요. 그리고 레온 펠리뻬의 시집 『오, 이 낡고 부서진 바이올린!』은 1965년 말, 멕시코 출판사 F.C.E에서 출판된 시집이니, 그 이후 멕시코를 방문한 적이 없는 체 게바라가 그 책을 어떻게 구할 수 있었을까 하는 의문이 생겼습니다. 하지만 그것 역시 이상할 게 없었어요. 평소 체 게바라와 친분이 두터웠던 레온 펠리뻬가 그의 시집을 쿠바로 보냈을 수도 있고, 체 게바라를 대신해 누군가가 받아두었다가 볼리비아 전선이 열리기 전, 리오 델 삐나르에 있던 그에게 펠리뻬의 시집을 전달했을 수도 있기 때문이죠."

시 「절망의 노래」는 「스무 번째 사랑의 시」와 함께 체 게바라가 여덟 살 때부터 줄줄 암송할 수 있었던 것이다. 암송할 수 있었던 시를 왜 굳이 필사했을까? 이에 대한 답은 체만이 알고 있겠지만, 최소한 우린 여기서 그가 시들을 단순히 암기하기 위해 필사한 것만은 아님을 알 수 있다. 그렇다면 왜? 그중 설득력 있게 다가오는 것은 체가 자신이 좋아하는 시들을 언제 어디서든 한눈에 볼 수 있도록 노트 한 권에 옮겨놓았다는 것이다. 그리고 치열한 전장에서 십여 권의 시집을 배낭에 넣고 다니는 일, 결코 녹록지 않았을 것인바, 노트 한 권으로 수 권의 시집을 대체할 수 있었다면 그만큼 배낭 또한 가벼워지지 않았을까.

이데올로기를 띠는 호전적인 시들이 많이 배제되어 있는 걸로 봐서 체 게바라는 그만의 앤솔러지를 사랑의 시, 낭만의 시로 채우고자 했는지도 모른다. 어쨌든 69편의 시가 필사된 이 노트는 그의 생애 중 마지막 2년 동안의 심경을 짐작해볼 수 있는 아주 중요한 자료임엔 틀림이 없다.

독서광과 시인으로서의 체 게바라

에르네스토 게바라는 독서광이었다. 어린 시절부터 보들레르, 잭 런던, 오라시오 끼로가, 에밀리오 살가리 등 유명 작가들의 작품집을 청소년 문고판으로 읽었다. 심한 천식으로 쿨룩대던 어린 시절, 그는 두서너 시간씩 처방을 받은 페퍼민트향을 피우면서 책을 읽었다. 가정부로 일했던 로사리오 로페스Rosario Lopez는 체가 오히려 책을 읽을 때 건강해 보였다고 했다.

"기도가 막혀 숨을 쉬기 힘들 땐, 침대 모퉁이에다 조그마한 책상을 올려놓고 팔꿈치를 괴곤 책을 읽었어요. 불편해 보이던 그 자세가 오히려 그를 더 기분 좋게 했나 봐요."

체에게 천식약을 처방해주던 의사는 15세 소년이 프로이드를 분석하는 데 놀라움을 금치 못했다. 윌리엄 포크너, 존 스타

인백 등 북미 작가들의 작품들을 읽고 마르크스에 관심을 보이기 시작한 것도 이 무렵의 일이었다. 체의 첫 번째 부인 일다 가데아[illegible]는 다음과 같이 회고했다.

"체는 특히 여행에 관한 책들과 모험소설을 좋아했어요. 그는 내게 말했죠. 중학교 시절에 이미 지독한 독서광이 되어 있었다고, 누가 읽으라고 하지도 않았는데 부친 서재의 책을 통째로 읽어버렸다고 말이에요. 책들이 분류가 되어 있지 않았던 까닭에 무차별적으로 읽을 수밖에 없었다고 했어요. 모험소설, 그리스 비극, 마르크스 책 등……."

그의 두 번째 부인 알레이다 마치 역시 최근 회고록에서 비슷한 말을 한 바 있다.

"그이는 언제 어디서든 책을 읽었어요. 어디서 어디로 이동을 하든, 손에서 책이 떠난 적이 없었어요."

끝으로 그의 딸 알레이다 게바라 마치는 최근 어느 잡지사와의 인터뷰에서 이렇게 말했다.

"할아버지 말을 빌리면 아버진 그 당시 천백 권 정도의 책을 읽었다고 해요. 물론 할아버지의 기억이 옳지 않을 수도 있지만……."

체의 어머니 셀리아[illegible]는 건강이 좋지 않았던 맏아들의 교육을 담당했었는데, 그들만의 소통법이 있었다고 했다.

“아들과 전, 말 한 마디 없이 서로를 이해했어요. 밖에서 놀지 못할 땐, 우린 함께 책을 읽었으며 같은 시구들에 감동을 받곤 했습니다. 반어법과 의미 없이 웃는 법을 터득했으며, 서로 지나친 감정을 드러내지 않기 위해 노력했습니다.”

체의 시적 감수성은 어머니 셀리아로부터 나왔다. 그녀는 밤의 시인 보들레르의 시 구절을 반복 낭송해주었으며, 그와 프랑스어로 말하길 좋아했다.(당시 아르헨티나에서는 ‘프랑스어를 구사하는 이는 인텔리’라는 등식이 성립했다. 소년 에르네스토가 집에서 30킬로미터나 떨어져 있는 데안 푸네스 학교를 다닌 이유도 거기에 있다. 누구 못지않게 독서광이라 자부하던 그의 친구 알베르토 그라나도Alberto Granado와의 두 번째 라틴아메리카 여행 시, 포크너의 『8월의 빛』을 읽어봤냐는 그의 질문에 에르네스토는 “그래”라고 답했다. 1945년 당시 그 책은 스페인어로 번역이 되어 있지 않았었다. 어떻게 읽었을까 고개를 갸우뚱거리던 알베르토에게 그는 으스대며 “불어로 읽었어”라고 답했다. 쿠바 산업부 장관으로 재직 중이던 1961년 1월, 이고르 만Igor Man과의 인터뷰에서도 그는 말했다. “보들레르는 내 작은 나이트테이블에 두지요, 난 그를 불어로 읽어요.”) 보들레르의 여행에 관한 시들은 훗날 체의 말처럼 “풍선처럼 가벼운 가슴corazon ligero como un globo”으로 남미 순례를 떠날 수 있게 해주었다.

내 아기, 내 누이야
저기 우리 함께하는 삶의 감미 를 떠올려보렴
널 닮은 마을에서, 어디 한가로이 사랑하다 죽어가는
(중략)
그곳에선 모든 것들이
정연하고 아름다우며 또 고요하고 즐거울 뿐
세월에 윤이 난 가구들은 우리네 방을 장식하리
(중략)
그곳에선 모든 것들이
감미로운 모어 로 우리 영혼들을 향해 속삭이리

보들레르의 시 「여행에의 초대 」 부분

그는 여행 중에도 짬짬이 그 지방의 도서관에 들러 책을 읽었다. 남미 여행 시 페루 쿠스코의 도서관에서 역사적 작품과 고고학 서적들을 읽은 것이 그 예이다. 멕시코에선 어느 출판사의 서적 판매원으로 일한 바 있는데, 체는 훗날 그곳에서 책을 한없이 읽을 수 있었노라 밝혔다. 목숨을 걸고 그란마를 타고 쿠바혁명을 위해 떠나기 하루 전날, 푸식 의 『교수대의 발에 대한 보고서』와 파디브 의 『젊은 문지기』 등 이미 읽은 책들을 그의 친구 카를로스 베르메데쓰 에게 선물하기 위해 사기도 했다. 시에라 마에스트라 전선에서는 산에까지 책을 실어 나르는 특별수송 작전을 폈었다. 호세 마르티 José Martí, 호세 마리아 에레디아 José María Heredia, 헤르뜨루디스 데 아베야네다 Gertrudis de Avellaneda, 가브리엘라 델라 꼰셉시온 Gabriela de la Concepción, 루벤 다리오 Rubén Darío 등 중남미 주요 작가들의 서적을 이미 읽은 괴테의 자서전과 교체하기 위해서였다. 괴테의 자서전은 체 게바라가 어느 허름한 오두막에서 모포를 걸치고 시가를 입에 문 채 강아지를 옆에 끼고 읽던 사진 속의 그 책이다. 체 게바라는 그 책을 빌려서 읽고 있던 중이었다.

"내 중대에 간호병으로 들어온 여성대원 하이디 산타마리아 Haydee Santa María로부터 괴테 전기를 빌려 읽었다. 기억해둘 만한 구절에 밑줄을 쳤다. 나의 독서는 부상을 치료하기 위해 요양하던 중 다시 꽃피었다. 괴테 전기는 오랜 전투로 지친 심신을 충전하기에 모자람이 없었다. 책장을 넘기는 내 오른손 중지에 끼워진 반지가 처음으로 빛나는 걸 느꼈다."

반지가 빛날 만큼 활달하게 책장을 넘기는 체의 손길이 느껴지는 것 같지 않는가. 전쟁터에서 태평하게 무슨 독서냐고 비아냥거릴지 모르지만, 이런 순수한 몰입의 자세가 가장 비인간적인 전투의 상황 속에서마저 한 영혼을 빛나게 하는 양분이 되었다고 할 수 있을 것이다.

시에라 마에스트라 전선에선 꺼질 듯 말 듯 적에게 노출되지 않기 위해 가능한 희미하게 낮춘 모닥불 빛을 이용해 책을 읽었다. 그리고 그의 배낭은 책으로 가득 차 있었기에 항상 무거웠다. 체 게바라와 친구 사이였던 시골여인네 차나 는 그림 하나 없이 글씨만이 빼곡한 책들을 보고 놀라워했다.

"책들은 글씨로만 가득했어요. 그는 책 한 권을 꺼내 부드러운 얼굴로 마치 딴 세상에 가 있는 듯 조용히 책에 빠져들어버리곤 했어요."

당시 체 게바라와 함께 시에라 마에스트라 산맥 전투에 참가했던 대원들과 쿠바의 라 메사 지방 농민군들은 그 책들의 저자들이 빅토르 위고, 루벤 다리오, 타고르 등이었다고 증언했다.

1956년 그란마를 타고 쿠바에 도착했을 때, 게릴라들은 방향을 잃고 오합지졸로 흩어져 바티스타 정부군들에게 일방적으로 공격을 당했다. 체 게바라는 총 한 방을 맞곤 쇼크에 빠졌는데, 그는 「모닥불을 피우며」란 일종의 자작 콩트에서 다음과 같이 밝혔다.

"완전히 뻗어 있었다. 치명상을 입었다고 생각한 난, 목을 감싸곤 산을 향해 총을 쏘았다. 그러곤 모든 것을 잃은 듯한 그 시점에서 죽기 위한 최선의 방법에 관해 생각해봤다. 잭 런던의 이야기가 떠올랐다. 알래스카에서 꽁꽁 얼어 죽을 운명에 처해 있던 주인공이 나무 등걸에 기댄 채 품위 있는 죽음을 준비한다는 내용이었다. 그것이 당시 내가 기억할 수 있었던 죽음에 관한 유일한 이미지였다."

「표류」란 제목의 일기에서도 체는 우루과이의 소설가 오라시오 끼로가 의 단편소설 속 주인공처럼 그와 그의 대원들은 죽음을 기다리고 있었다고 적고 있다. 예상 밖으로 고전을 면치 못했던 콩고 전선에서도 그는 말했다.

"난, 내가 좋아하는 두 가지 점에선 만족하고 있다. 하나는 충분한 담배이고 또 하나는 넘쳐나는 책들이다."

이처럼 그의 독서에 대한 열정은 사선에서조차 식을 줄을 몰랐다. '이 시대 가장 성숙한 인간'은 책들에 의해 완성되었다고 해도 과언이 아닐 것이다.

체 게바라는 그 어떤 예술, 문학 장르보다 시를 사랑했다. 의과대학 시절, 여자 친구 티타 인판테 에게 띄운 편지에서도 그는 말했다.

"난 많이 좌절한다, 아니 정확히 말하자면 염세주의에 빠진다. ……그럴 때면 난, 마테(아르헨티나 야생 허브차)와 시 몇 줄로 마음을 달랜다."

10대 후반 체 게바라는 이미 파블로 네루다, 보들레르, 베를렌, 안토니오 마차도 등 유명 시인들의 작품들을 독파했다. 개중에 네루다의 사랑에 관한 시들은 대부분 암송할 수 있었다.

1952년 체 게바라의 나이 24세 되던 해, 보고타에서 콜롬비아 출신 친구와 정치, 문학에 관한 이야기를 나누던 중, 갑자기 그 친구가 "스무 편의……"라고 운을 띄우자, 체 게바라는 기다리고 있었다는 듯 "난 이 밤, 세상에서 가장 슬픈 시를 쓸 수 있습니다. 예를 들면……" 하고 친구가 원하던 네루다의 시들을 막힘없이 낭송해주었다. 멕시코 감옥에서 죽음을 예감하던 순간에도 시에 관한 열정은 여전했다. 그의 부모님에게 부친 편지에서 우린 그 편린을 엿볼 수가 있다.

"저는 더 이상 편지를 쓸 수 없을 것입니다. 이 편지가 마지막이라 생각하셔도 좋을 듯합니다. 사는 동안 어떤 어려움 속에서도 진실을 찾으려고 노력했습니다. …… 지금부터 저는 죽음을 실패라 여기지 않을 겁니다. 터키의 혁명시인 희멧 이 노래한 것처럼 '난, 단지 하나 미완성 서사시의 슬픔을 무덤으로 가져갈 뿐'이니까요."

1956년 멕시코 내무성은 열흘 안으로 출국한다는 조건하에 체 게바라를 석방했다. 멕시코 감옥에서 풀려나온 체는 "멕시코는 내 약속을 믿는 중대한 실수를 하고 말았다"며 멕시코를 떠나지 않고 지방과 멕시코시티를 오가며 그의 딸, 일디타 에게 안토니오 마차도의 시 「리슨 장군에게 바치는 시」를 자장가 대신 낭송해주었다.

"아, 만약 내 펜이 당신의 권총만큼 값이 나간다면, 난 대장처럼 행복하게 죽을 텐데…….”

겨우 칠 개월밖에 안 되었던 일디타는 아버지의 시낭송을 즐겼던지 끝나면 더 해달라고 보채곤 했다.

체 게바라는 독자로 만족하지 않고 15세 때부터 시를 썼다. 그런데 시에 관한 한 무한한 경외심을 품었던 그는 자신의 시에 대해선 대단한 열등감을 갖고 있었던 것으로 알려져 있다. 어느 날 쿠바의 잡지사 '푸른올리브나무Verde Olivo'의 대표 레오넬 소토Leonel Soto가 체 게바라의 허락 없이 그의 시들을 출판해버린 일이 있었다. 화가 머리끝까지 치솟은 체 게바라는 곧 바로 쪽지를 보내 경고를 했다. 앞으로 자신의 '허락 없이 시를 펴내면 각오하라'고……. 물론 자신의 시가 형편없기 때문이라는 것이 그 이유였다.

그 후 또 한 번 빠르도 리아다Pardo Llada가 라디오에 그의 시를 방송해보자고 했을 때, 체는 농담 반 진담 반으로 친구를 벽에다 밀어놓곤 협박했다.

"내 시들은 형편없거든……."

당당했던 세기의 혁명가도 자신의 시에 관해서만은 이렇게 수치심을 느꼈다. 사실 그의 시는 은유와 같은 간접화의 방식보단 직설적인 어투에 가까워서 예술성이 떨어진다고 말할 수 있을지도 모른다. 그러나 그의 시에는 잘 빚어진 시들이 갖지 못한 삶과 사물의 중심부를 향해 육박해 들어오는 생생한 힘이 있다. 심장박동이 그대로 전달되어오는 이 힘은 땅을 뚫고 나오는 뿌리처럼 생명력 넘치는 기운으로 우리를 번쩍 들어 올린다.

쿠바의 소설가 미겔 바르넷   은 그래서 이렇게 말했다.

"체 게바라, 당신은 잘 알고 있지. …… 내가 당신에게 권총 대신 펜을 주지 않아도 이미 당신은 타고난 시인이란 걸."

지금까지 알려진 체의 시들은 「피델에게 바치는 노래   」, 「과테말라   」 등 15편 정도밖에 안 된다. 하지만 백 행이 넘는 「나일강에 바치는 노래   」를 비롯해 대부분의 시들이 50행이 넘는 장시이다. 이들 시편들은 대체로 1954~1956년 사이, 체의 나이 20대 중후반 과테말라와 멕시코 등지에서 쓴 시들로 광활한 아메리카 대륙과 그들 원주민 문명에 관해 노래한 것들이다.

체 게바라는 중남미 여행을 통해 민중들의 고통을 피부로 느낄 수가 있었다. 여행 내내 그의 귀는 민중들의 신음 소리로, 그의 눈동자는 학대받는 그림자들로 괴로워했다. 하지만 그는 마야 유적들에서 운명론적 빈곤을 떨쳐버리고 위대한 아메리카를 재건할 수 있는 가능성을 발견하게 된다.

* 국내에 체 게바라의 시라고 소개되어 있는 것들은 시가 아니라 체의 일기나 서간문 등에서 시 구절처럼 다가오는 표현들을 발췌해놓은 것들이다. 「체 게바라 시집」이란 제목의 책 엮은이 역시 서문에서 그 사실을 밝히고 있다. 하지만 다수의 한국 독자들은 여전히 그것들을 체 게바라의 시로 오해하고 있는 것 같다.

우악싸툰, 회색빛 몽상,
신비 뒤에 감춰진 목소리,
우리네 숲에서 잠든 미녀!
……
우악싸툰, 난 네 죽음이
백인들의 짓거리인 줄 안다
끝없는 산들의 동반자인 넌,
지쳐 잠들어 있구나
세기를 건느라……

체 게바라의 시 「우악싸툰」 부분

어떤 힘이 세기를 넘어
너를 지탱하고 있니
어떤 신이,
청년의 힘찬 맥박으로
비행운의 숨결을 불어넣고 있니……

체 게바라의 시 「팔렌케」 부분

마야 유적지 우악싸툰과 팔렌케의 잠든 거석들에서 체 게바라는 그의 정체성을 찾고자 했다.

마야 문명은 대략 10세기를 전후하여 구 마야와 신 마야로 나눠진다. A.D.300~800년 사이 융성했던 구 마야는 당시 멕시코만 유역에서 형성된 올메카 문화의 영향을 받았으며, 재규어와 뱀을 숭배하는 토템신앙을 지니고 있었다. 올메카 문화는 아즈테카 문명권인 멕시코시티 부근과 유카탄 반도, 과테말라, 온두라스, 벨리즈 등 마야 문화권 전체에 영향을 주었는데, 그 문화적 특성은 멕시코의 팔렌케나 과테말라의 우악싸툰 등 유적지의 건조물, 석상 등에 잘 나타나 있다. 중앙 저지대를 중심으로 밀집생활을 했던 그들은 곳곳에 신전이나 궁전, 피라미드, 석비 등을 세웠다. 건물의 돌기둥에 남겨진 상형문자들과 숫자들은 당시의 생활상을 보여주는 소중한 기록물들이다. 그리고 신 마야는, 멕시코의 치첸 잇차 지방을 중심으로 뚤룸 , 마야빤 , 우슈말 등에서 융성했던 또 다른 부족인 똘테카 족이 구 마야를 정복하고 유카탄 반도를 지배하기 시작한 A.D.800년경에 성립되었다.

마야인들은 잉카인들과는 달리 통일된 제국을 형성하지 않고 개별적인 도시국가 형태를 이루고 있었는데, 주로 화전에 옥수수를 경작하며 생활했던 그들은 비의 신인 착 과 천둥번개의 신인 꾸꿀깐 등 농경 신들을 섬겼다. 그리고 구 마야 시대엔 천문학과 역법이 발달했다. 그중 월력은 태양력과 태음력은 물론 다양한 신들이 내려준다는 종교력까지 포함해 아주 복잡한데, 그들은 이 월력을 통해 미래의 운세를 예언하기도

했다.* 또한 20진법을 사용했으며 영(零)의 개념을 파악하고 있었다. 이처럼 고도의 문명을 자랑하던 구 마야가 왜 붕괴되었는지 지금까지 수수께끼로 남아 있으나** 구 마야보다 뒤떨어진 문명을 지녔던 신 마야는 1536년경 스페인 정복군에 의해 붕괴되었다. 따라서 시 「우악싸툰」에서 체가 말하는 '백인들'이란 스페인 사람들을 말하며, '네 죽음'은 구 마야가 아닌 신 마야의 몰락을 의미하는 것이다.

어쨌든 체 게바라는 중남미 여행, 특히 '세기를 넘어 지탱하고 있는 마야 유적지'를 둘러본 뒤, '청년 아메리카의 힘찬 맥박과 눈부신 비행운의 숨결'을 느낄 수가 있었다. 그 힘찬 맥박과 숨결이 역사를 만나 구체적으로 현현된 시들은 시인의 체온으로 데워진 눈물이요 피다. 그 눈물과 피는 방울방울 마른 땅을 적시는 강물 줄기가 되어 민중의 바다를 향해 흘러간다.

* 세기 초 새로 등장한 종말론의 특징은 2012년을 최후의 해로 본다는 것이다. 국내에서도 최근 2012년 종말론에 대한 관심이 높아지고 있다. 인터넷 포털 사이트에선 종말과 대재앙 관련 정보를 공유하는 단체가 여럿 활동 중이다. '대재앙을 넘는 사람들' 외에도 회원수 5만이 넘는 '충격 대예언'을 비롯해, '지구 대재앙', '대재앙 이후를 준비하는 사람들', '인류의 종말이 오고 있다' 등 수십 개에 이른다. 왜 2012년일까? 이 연도는 고대 마야의 달력에서 나왔다. 마야력은 B.C.3114년 8월에 시작해 A.D.2012년 12월 21일에 끝난다. 마야제국의 '여섯 개 태양'의 전설에 따르면 구 마야는 네 번째 태양이 없어지던 날 멸망했으며, 그리고 지구별은 여섯 번째 태양이 사라지는 날 종말을 본다고 한다.

** 스위스 에테하대 제럴드 호그 교수(지구과학과)는 "구 마야가 9세기 들어 갑자기 붕괴된 이유를 세 번에 걸친 극심한 가뭄 때문"이라고 「사이언스」지에 발표한 바 있다. 미국 펜실베이니아대의 제레미 사블로프 고고학박물관장은 "구 마야 멸망의 원인은 인구 급증, 환경문제, 경제적 원인 등 다양할 수 있지만 무엇보다 기후 때문이었다"고 했다.

너를 위한 눈물 한 방울,

아, 과테말라!

난 성스러운 네 붉은 땅 위에 흩뿌리기 위해

내 피를 준비했다네

내 자주빛 가계 ,

결코 상처 입은 바 없는

깨끗이 간직되어온 피.

폐허의 재는

푸른 하늘에 잿빛 구름을 만들어

그곳 지평선을 금빛 가계 와

켄타우로스의 철모 모양의 검은 구름들과

혼동시키지

(중략)

목말라하는 이들이

네 시원한 수액을 찾아 여기로 올 거야

그들은 "민주주의라는 빨대를 통해"

그 수액을 빨아 당길 거야

(중략)

아, 사람의 마을에 눈망울들이 축축할 때,

내 눈 또한 말라 있을 순 없다네

과테말라, 넌 울지, 하지만 믿지

충실한 네 전조를

(중략)

과테말라,

희망의 눈물, 고통의 눈물을 부치며

오늘은 이만 돌아가려 하네

네 빈손의 민중과

장밋빛 미래를 속삭이기 위해서라도

체 게바라의 시 「과테말라」 부분

1954년 7월 26일, 과테말라의 아르벤스Jacobo Arbenz Guzmán, 1913~1971 정부는 공식적으로 투항을 선언했다. CIA의 사주를 받은 카스티요 아르마스Carlos Castillo Armas, 1914~1957 대령을 따르는 군대가 쿠데타를 일으켰던 것이다. 그즈음 체 게바라는 그의 이모 베아트리스에게 다음과 같은 내용의 편지를 보냈다.

"마침내 양키들이 가면을 벗었습니다. 지금 과테말라에서는 진정한 투쟁의 열기가 하늘을 찌르고 있습니다. 저 역시 의사 자격으로 긴급구호대에 지원했습니다만, 아무래도 군사훈련이 필요할 것 같아 청년단에도 지원했습니다. …… 들리는 바에 의하면 미국이 파견한 군사 고문단이 아르벤스 대통령에게 하야하지 않으면 이 나라를 쑥대밭이 될 때까지 폭격해버리겠다고 으름장을 놓았다 합니다. 무슨 일이 있더라도 저 역시 무장혁명에 뛰어들 겁니다."

체 게바라의 신념은 확고했다. 그는 폭격으로 폐허가 된 거리를 성큼성큼 걸어 다녔으며, 밤에는 전투기 기관총이 뿜어대는 섬광을 바라보며 불끈 역으로 솟아오르는 힘을 느꼈다. '빈손의 민중'과 '장밋빛 미래'를 위한 혁명의 불은 이렇게 시와 함께 시작되었다.

배낭 속 앤솔러지

체 게바라와 녹색노트 속 시인들

녹색노트 속의 시인들은 20세기 최고의 시인으로 추앙받는 파블로 네루다를 비롯해, 안데스의 시인 세사르 바예호, 쿠바 국민시인 니콜라스 기옌 그리고 스페인 27세대 시인* 레온 펠리뻬 이렇게 네 명이다. 이들 네 시인 중 세사르 바예호만이 체 게바라가 생전에 만나보지 못했던 인물이다.(바예호 사망 당시 체는 겨우 아홉 살이었다.)

* 27세대란 루이스 데 공고라(Luis de Góngora y Argote, 1561~1627)의 서거 300주년을 기념하여 추모시집을 발간했던 1927년, 그 작품집에 참가했었던 스페인 출신의 젊은 작가군을 총칭하는 용어이다. 27세대 주요 작가로는 페데리코 가르시아 로르카, 라파엘 알베르띠, 호르헤 기옌, 비센떼 알렉산드레, 루이스 쎄르누다, 뻬드로 살리나스, 헤라르도 디에고, 다마소 알론소 그리고 위해서 언급한 레온 펠리뻬 등이 있다. 이들은 상징주의, 미래주의, 초현실주의의 영향을 받았다.

이 네 시인 중 파블로 네루다는 체 게바라에게 가장 많은 영향을 준 시인이다. 1955~1956년 사이 네루다의 멕시코 체류 시절, 체는 그의 시집 『모두를 위한 노래El canto general』에 관해 평을 한 적이 있다. 네루다 시의 특장을 적절한 비유la metafora justa, 우아한 단순함la simpleza elegante이라 평하면서, 그의 시집 『모두를 위한 노래』를 아메리카 대륙 최고의 책이라 칭송했다. 체가 쿠바 국립은행 총재로 재직 중이던 1961년 1월 초, 네루다는 그를 찾아가 시집 『모두를 위한 노래』 한 권을 선물했다. 그날 이후부터 그 책은 체의 침대 옆 작은 탁자를 떠날 줄을 몰랐다. 네루다는 자서전격인 유고작 「살았음을 고백합니다Confieso que he vivido」에서 다음과 같이 밝히고 있다.

"체 게바라로부터 내 시집 『모두를 위한 노래』에 얽힌 얘기를 듣고 기분이 좋았다. 그는 시에라 마에스트라 산맥에서 밤마다 내 시를 대원들에게 읽어주었다고 했다. 그로부터 수년이 지난 마지막 순간까지도 그는 내 시집을 들고 다녔다고 한다. 레히스 데브라이Jules Regis Debray 1940~를 통해 알게 된 사실이지만 볼리비아 전선 마지막 순간까지 책 두 권이 그의 배낭 속에 들어 있었는데, 한 권은 수학책이었고 또 한 권은 『모두를 위한 노래』였다는 것이다."

당시 볼리비아 정부는 네루다의 시집 『모두를 위한 노래』의 시들이 빼곡 적힌 노트 한 권이 배낭 속에서 발견되었다고 했다. 이를 레히스 데브라이가 네루다에게 잘못 전했던 것이다. 마치 시집 『모두를 위한 노래』가 배낭 속에 들어 있었던 것처럼. 그리고 그가 말하는 수학책도 배낭 속에서 나온 그의 또 다른 소지품인 색연필로 밑줄이 쳐진 수십 장의 지도를 두고 오해한 것이었다. 그렇긴 해도 체 게바라가 네루다의 시를 각별히 애송했던 것만은 분명하다.

니콜라스 기옌은 체 게바라와 아주 각별한 사이였다. 그는 체가 쿠바혁명에 성공한 직후 구축한 제8부대, 일명 라 카바냐 에 최초로 초대받았던 시인이었다. 1959년 2월, 초대에 대한 감사의 표시로 기옌은 체 게바라에게 바치는 시를 체의 대원들 앞에서 낭송했다.

“산 마르틴이 호세 마르티에게 순수한 우정의 손을 뻗었다면, 그리고 은빛 식물이 물과 빈틈없는 사랑으로 자라난다면, 굳건한 목소리의 가우초(아르헨티나 목동) 체 게바라는 피델 카스트로와 전사의 피를 축배로 들었다.”

멕시코 체류 시절 체 게바라는 스페인에서 망명 중이던 레온 펠리뻬를 만났다. 그 당시 그들의 만남을 리카르도 로호 는 이렇게 회상했다.

“멕시코시티의 어느 카페였어요. 이야기를 나누고 있던 둘을 봤지요. 공교롭게도 두 사람 모두 다리를 X자로 접고 있었어요. 근데 둘의 구두 밑창에 약속이라도 한 듯 구멍이 나 있는 게 아니겠어요."

레온 펠리뻬와의 만남은 체에게 강한 인상을 남겼다. 혁명에 성공한 후 체는 레온 펠리뻬의 시를 연설 도중 인용하거나 그의 시를 쪽지에 적어 동지들에게 나눠주기도 했다.

체 게바라보다 오래 살았던 세 시인은, 마지막 전투 때까지 그의 홀쭉한 배낭 속에 그들의 시가 담겨져 있었다는 사실을 모른 채 그의 죽음을 애도하는 시들을 남겼다. 바예호 역시 살아 있었더라면 그의 죽음 앞에 기꺼이 애도의 시를 남기지 않았을까.

내 친구 사령관 체
미국은 환희의 이빨로 웃겠지
그들의 침대는 곧 달러로 파묻히겠지
네 위대한 쇳덩이 몸은 파편처럼
전장에서 흩어진다
적들에 의해 생채기가 난 네 이름은
그들의 난장판 같은 술판 중간에 떨어져
아메리카의 밤을 혜성처럼 밝히고 있다
게바라, 넌 알고 있었지,

단지 겸손해 입을 열지 않았을 뿐

(중략)

내 친구, 사령관 체,

모두 네 값진 죽음처럼 살기 위해

죽어서도 살고 있는 너처럼 살기 위해

우린 죽길 원한다네

니콜라스 기옌의 시 「사령관, 체 」 부분

위의 시 「사령관, 체」는 1967년 10월 18일 체 게바라가 사망한 지 9일째 되던 날, 아바나 '호세 마르티 광장'에서 백만 인파 속에 니콜라스 기옌이 직접 낭송한 것으로, 체의 죽음을 애도한 시 중 가장 널리 알려진 것이다.(니콜라스 기옌은 체의 죽음 앞에 무려 4편의 애도시를 남겼다. 소네트 형식의 「체 게바라」, 8음절의 시 「극심한 비탄 속의 기타 」, 체의 마지막 날 일기를 소재로 한 「일요일을 읽다 」 그리고 위의 시 「사령관, 체」 등.)

다음은 모순으로 가득 찬 시인, 체의 낭만주의 불길에 기름을 부어준 시인, 네루다도 좋아했던 니체풍의 시인, 무엇보다 비꼬는 투로 규범을 무시하고 무정부적인 반항아 기질의 매혹을 마음껏 뿜어냈던 시인, 스페인의 레온 펠리뻬가 영웅의 죽음을 애도한다. 체의 죽음을 사주한 미국에 대한 풍자가 잘

드러난 이 시에서 우리는 타락한 세계에 대한 분노를 엿볼 수 있다.

사람들은 아니, 미국인들은 말하지
레온 펠리뻬는 돈키호테라고
아니 신사양반, 그렇게까지는 아니오
단지 난 영웅을 받들고 있을 뿐이오
그리고 말할 수 있지, 아니 말하고 싶지
난, 영웅이 아니라 로시난테라고
(중략)
미국 친구들, 그 히이잉 소리는 어떻게 내우?
그것 있잖아, 그거…… 이렇게 시작하는 거 저저저정의!
왜, 앞에다 악센트를 두고 바이브레이션으로 날카로운 나팔처럼
소리를 내는 거.
저저저정의! 정말 예쁜 말울음 소리네!
로시난테는 히이잉 울기를 좋아하지
나 역시 히이잉거리기를 좋아해
미국 친구들, 자네들도 한번 따라 해봐
자 이리들 와서 소리 내봐
모두 함께
자네들 수도인 워싱턴에서부터

세게 힘차게 더 높이

베트남까지 울려 퍼지도록

모든 베트남 사람들이 들을 수 있도록

(중략)

지구 위 모든 사람들이 들을 수 있도록

저저저……정의! 오, 아름다운 말울음이여!

세상에서 가장 아름다운 히이잉이여!

레온 펠리뻬의 시 「위대한 말 울음소리 」 부분

파블로 네루다는 체 게바라의 사후 한참 동안 그의 죽음을 애도하는 시를 쓰질 못했다.

"가슴 아픈 일도 있었다. 체 게바라가 볼리비아에서 살해된 것이다. 수많은 추모사가 이어졌으며 격정에 사로잡힌 추모시가 전 세계에서 남발되었다. 하지만 격한 감정만이 능사가 아니다. 나 또한 쿠바로부터 글을 청탁받았다. 하지만 체가 죽은 지 한참이 됐건만 난 지금(1968년 1월 5일)까지도 그 글을 쓰지 못하고 있다. 한 인물의 죽음을 애도하는 시는 무엇보다 역사의 심오한 메아리가 담겨져 있어야만 한다. 시가 내 머릿속, 핏줄 속에서 무르익을 때까지 기다리며 숙고할 것이다."

그리고 얼마 후, 네루다는 체를 추모하는 시 「한 영웅의 죽음을 슬퍼하며」를 탈고했다.

사령관은 한 협곡에서 사살되었습니다
아무도 '이것이 내 입이야' 말하지 않았습니다
인디오의 마을에선 누구도 울지 않았습니다
누구도 종각 위로 올라가지 않았습니다
누구도 총을 들지 않았으며
오히려 사살된 사령관의 구원의 대상이었던 그들은
보상까지 챙겼습니다
무슨 이런 일이 다 있습니까?
(중략)
놀란 마녀 같은 불명예스러운 병사들과 죄를 지은 장성들은
죽은 이가 그들에게 화상이라도 입히는 양,
게릴라의 시체를 눈 깜짝할 새 감춰버렸습니다
비탄의 정글은 움직임을, 길들을 삼켰습니다
전멸돼버린 군인들의 발자국들이 남겨진·곳엔
오늘, 칡덩굴들이 뿌리의 푸른 목소리로 훈계하고
야생사슴들은 총소리 멈춘 수풀 속으로
다시 돌아왔습니다

파블로 네루다의 시 「한 영웅의 죽음을 슬퍼하며 」 부분

파블로 네루다, 칠레

세사르 바예호, 페루

니콜라스 기옌, 쿠바

레온 펠리페, 스페인

69편의 시

체 게바라의 녹색노트에는 앞에서 말한 바처럼 네 시인의 작품, 도합 69편이 특별한 규칙이나 순서 없이 필사되어 있다. 확실한 것은 체가 그 노트를 아프리카에서 구입했고, 볼리비아에까지 가지고 갔다는 것이다. 기간으로 보면 1965년 4월부터 1967년 10월 초순까지가 된다.

69편의 시들은 세사르 바예호의 시 18편, 파블로 네루다의 시 17편, 니콜라스 기옌의 시 25편, 레온 펠리뻬의 시 9편으로 이뤄져 있다. 체가 노트의 첫 쪽부터 쓰기 시작했다는 가정하에 필사 순서를 도표로 정리해보았다.

	시인	수록시집	제목
01	세사르 바예호	검은 사자들	검은 사자들
02	파블로 네루다	황혼의 노래	이별
03	니콜라스 기옌	'손'의 모티브	물라타
04	세사르 바예호	검은 사자들	죽은 전원시
05	파블로 네루다	스무 편의 사랑의 시와 한 편의 절망의 노래	1편
06	니콜라스 기옌	송고로 코송고	도착
07	세사르 바예호	검은 사자들	아가페
08	파블로 네루다	스무 편의 사랑의 시와 한 편의 절망의 노래	10편
09	니콜라스 기옌	송고로 코송고	검은 노래
10	세사르 바예호	검은 사자들	처절한 저녁식사
11	파블로 네루다	스무 편의 사랑의 시와 한 편의 절망의 노래	20편
12	니콜라스 기옌	송고로 코송고	파파 몬테로의 디너파티
13	세사르 바예호	검은 사자들	영원한 주사위들
14	파블로 네루다	스무 편의 사랑의 시와 한 편의 절망의 노래	절망의 노래
15	니콜라스 기옌	송고로 코송고	사탕수수
16	세사르 바예호	검은 사자들	먼 걸음들
17	파블로 네루다	지상의 거처 1	우리 모두 함께
18	니콜라스 기옌	송고로 코송고	안토니오 마누라의 납치
19	세사르 바예호	검은 사자들	나의 형 미겔에게

20	파블로 네루다	지상의 거처 1	내 다리들의 의식
21	니콜라스 기엔	서인도 주식회사	센세마야
22	세사르 바예호	검은 사자들	불완전한 탄생
23	파블로 네루다	지상의 거처 2	비운의 찬송
24	니콜라스 기엔	서인도 주식회사	할아버지
25	파블로 네루다	지상의 거처 2	망각은 없다(소나타)
26	니콜라스 기엔	서인도 주식회사	두 할아버지의 발라드
27	세사르 바예호	트릴세	XI
28	파블로 네루다	지상의 거처 3	몇몇 일들을 설명하자면
29	니콜라스 기엔	스페인	네 번째 고뇌
30	세사르 바예호	트릴세	XV
31	파블로 네루다	지상의 거처 3	볼리바르 神父를 위한 노래
32	니콜라스 기엔	군인들을 위한 시와 관광객들을 위한 노래	왜 그렇게 생각하는지
33	세사르 바예호	트릴세	X VIII
34	파블로 네루다	모두를 위한 노래	마추픽추 산정 VIII과 IX
35	니콜라스 기엔	온전한 노래	기타
36	니콜라스 기엔	온전한 노래	땀과 채찍
37	세사르 바예호	트릴세	X XIII
38	파블로 네루다	모두를 위한 노래	코르테스
39	니콜라스 기엔	온전한 노래	노래 6
40	니콜라스 기엔	온전한 노래	비가
41	니콜라스 기엔	온전한 노래	추억의 바다

42	니콜라스 기옌	온전한 노래	아카나 나무
43	니콜라스 기옌	민중의 날개를 단 비둘기	긴 녹색 도마뱀
44	니콜라스 기옌	민중의 날개를 단 비둘기	브라질의 노래
45	세사르 바예호	트릴세	X X X III
46	파블로 네루다	모두를 위한 노래	애가
47	니콜라스 기옌	민중의 날개를 단 비둘기	리틀 록
48	니콜라스 기옌	비가들	성
49	니콜라스 기옌	비가들	에멧 틸 을 위한 비가
50	니콜라스 기옌	내가 가진 것	음유시인
51	니콜라스 기옌	사랑의 노래	화로 속의 돌
52	니콜라스 기옌	대동물원	아콘까구아
53	세사르 바예호	트릴세	X L V
54	세사르 바예호	트릴세	L V III
55	세사르 바예호	트릴세	L X I
56	파블로 네루다	모두를 위한 노래	에르시야
57	세사르 바예호	트릴세	L X IX
58	파블로 네루다	모두를 위한 노래	프라이 바르톨로메 데 라스 카사스
59	세사르 바예호	트릴세	L X X I
60	파블로 네루다	모두를 위한 노래	센타우로에 대항하는 라우타로
61	레온 펠리뻬	오, 이 낡고 부서진 바이올린!	닫힌 밤
62	레온 펠리뻬	오, 이 낡고 부서진 바이올린!	그리스도
63	레온 펠리뻬	오, 이 낡고 부서진 바이올린!	역사의 이 거만한 대장

64	레온 펠리뻬	오, 이 낡고 부서진 바이올린!	십자가와 빈 주머니
65	레온 펠리뻬	오, 이 낡고 부서진 바이올린!	절선
66	레온 펠리뻬	사슴	네 검은 성체를 다오
67	레온 펠리뻬	오, 이 낡고 부서진 바이올린!	대모험
68	레온 펠리뻬	사슴	놀이
69	레온 펠리뻬	사슴	항아리

앞에서 밝힌 바처럼 체 게바라가 노트를 아프리카에서 구입했다는 사실에 대해선 의심할 여지가 없다. 문제는 구입 시기이다. 콩고에 입국할 무렵 혹은 전선 도중인가, 아님 아프리카를 빠져나올 무렵인가에 따라 그 필사 시점이 달라진다. 만약 전자라면 필사는 콩고에서부터 시작되었을 것이고 후자라면 콩고에서 나와 볼리비아로 들어가기 전, 즉 쿠바에 잠시 머물 무렵부터였을 것이다. 아무튼 시기적으로 볼 때 넓게는 콩고 전선에서부터 볼리비아 전선까지(1965년 4월~1967년 10월 초), 좁게는 이들 기간 중 어느 특정 시점이 된다.

체포 당시 체 게바라의 몸과 배낭에서 시집들이 발견되었다는 기록은 없다. 만약 그게 사실이라면 그전에 분실했거나 체가 의도적으로 버렸을 가능성이 높다. 리오그란데 강을 건널 무렵, 체는 군화를 분실하는 등 소지품들을 잃어버리고 만다.

1967년 10월 7일, 그의 마지막 일기에선 사랑하는 동료 대원 엘 치노마저 밤엔 성가신 존재로 변한다고 적고 있다. 그러한 와중에 책들을 챙길 경황은 없었을 것이다. 체를 체포한 가리프라도 역시 체가 극심한 피로와 굶주림에 시달렸던 것 같다고 증언했다. 그러나 시집들이 발견되었음에도 불구하고 별로 중요치 않은 것으로 간주된 나머지, 다른 소지품들과 함께 흩어져버렸을 가능성도 배제하지 못한다.

그런데, 69편의 시들은 언제 어디서 필사되었을까. 시가 필사된 시기와 장소를 아는 게 뭐 그리 중요할까 하는 생각도 들 수 있겠지만, 시가 체의 영혼을 담는 그릇이었다는 점을 생각할 때 필사 시기와 장소에 대한 유추는 그의 내면을 들여다보는 작업과 긴밀한 관계를 갖는 만큼 중요하다고 본다. 따라서 이를 위해 필사된 시를 내용적으로 분석하고 체와 작가들과의 관계를 시대적으로 조명해볼 필요가 있을 것이다.

볼리비아에서 필사된 시들은 시기적으로 봐서 노트 후반부에 옮겨진 것들일 가능성이 높다. 특히 마지막 69번째 시 「항아리 [illegible]」는 절박한 심정을 토로하는 듯한 체의 일기 후반부가 주는 느낌과 비슷하다.

> 죽음 말고는 다른 출구가 보이질 않았다……
>
> (중략)

이제 그 항아리 깨졌어……

도자기공에게 또 다른 기회를 줘야 할 겁니다

마치 예전엔 아무것도 존재하지 않았던 양,

창세기부터 다시 시작해야 할 겁니다

레온 펠리뻬의 시 「항아리 」 부분

1967년 10월 8일 체포 당시 체의 배낭 속에 만약 시집들이 들어 있었다면 레온 펠리뻬의 두 권의 시집 『사슴』과 『오, 이 낡고 부서진 바이올린!』이 아니었을까 한다. 이유는 다른 세 명의 시인들의 시는 번갈아 필사(세 시인의 시집을 교차로 읽으며 필사했다는 느낌)되어 있는 반면 펠리뻬의 시들은 아홉 편 모두 연속 필사(61~69 끝), 그것도 끝부분에 몰려 필사되어 있다는 점이다. 특히 『오, 이 낡고 부서진 바이올린!』이 출판된 것은 1965년 말로서, 시기적으로는 체가 콩고로부터 나와 볼리비아로 입국하기 직전의 일이다. 그렇다면 펠리뻬의 시들은 다른 시인들의 시와는 달리 볼리비아에서만 필사되었다는 결론이 나온다.

체가 니콜라스 기옌의 작품을 접하게 된 것은 1959년 쿠바 입성 뒤의 일이다. 기옌은 그 점에서 청소년기 때부터 꾸준히 체에게 영향을 끼친 다른 세 명의 시인들과 다르다. 기옌의 시는 주로 흑인과 물라토의 설움을 노래한 것으로 주제로 미루어 그의 시들은 아프리카에서, 혹은 아프리카와 관계해서 필사되었을 가능성이 높다. 기옌의 시들은 노트 초반 네루다와 바예호의 시들과 함께 필사되다가 갑자기 어느 시점에서 빠져버린다. 그 뒤 체 게바라는 다시 초심으로 돌아간 듯 그를 혁명아로 키워준 네루다와 바예호의 시집, 『모두를 위한 노래』와 『트릴세』에 수록된 소위 아메리카 정통시들을 교대로 필사하고 있다. 그렇다면 그게 언제쯤일까? 확실치는 않지만 1966년 3월, 체 게바라가 아프리카를 막 빠져나올 무렵이 아닐까 한다. 아프리카에서 나와 볼리비아로 잠입하기 전, 즉 쿠바에 6개월 정도 머물면서 네루다와 바예호의 정통적 저항시들을 필사했을 가능성이 높다는 것이다.

정리하자면 녹색노트의 시들 69편 중, 52번까지는 콩고 내지 아프리카 지역과 관련이 있으며, 53번부터 60번까지는 쿠바와, 그리고 61번부터 마지막 69번까지는 볼리비아와 관련이 있다는 것이 필자의 주장이다. 따라서 서술의 편의상 아프리카 시절, 쿠바 시절, 볼리비아 시절로 나누어 체의 앤솔러지를 음미해볼까 한다.

아프리카 시절

1965년 3월 ~ 1966년 3월

1. 니콜라스 기옌의 시

체 게바라는 쿠바에서 이견 없는 2인자였다. 하지만 얼마 후 그는 권력과 부를 마다하고 또 다른 혁명을 위해 아프리카로 떠난다. 아래의 글은 체 게바라가 쿠바를 떠나오며 카스트로에게 남긴 편지의 내용이다. 쿠바 산타클라라Santa Clara에 가면 그의 묘소 위에 우뚝 서 있는 그 편지 석상을 볼 수가 있다.

피델.

지금 이 시간 많은 생각을 하게 된다네. 자네를 마리아 안토니아 집에서 처음 만난 순간과 자네가 나에게 자네 그룹에의 합류를 청했을 때의 일, 그리고 우리의 여정을 준비하는 동안 느꼈던 모든 긴장

Te abraza con todo fervor revolucionario
CHE

에 대해서 말이야.

우린 어느 날 만약 우리 중 누군가 죽으면 누구에게 그 소식을 전해야 할지, 그리고 실제로 우리 모두 죽어버릴 가능성에 관해 이야기한 적이 있지. 그런데 그때 우리가 나누었던 그 이야기들은 가능성이 아니라 모두 현실이 되었어. 혁명을 할 때—그것이 진정한 혁명이라면—우리가 승리할 수도, 죽을 수도 있다는 것 말일세. 실제로 수많은 동지들이 승리를 향해가던 길목에서 숨지지 않았나.

오늘 이 모든 것들이 덜 극적으로 보이네. 우리가 더욱 성숙했기 때문일 테지만, 그런 것이 반복되고 있는 일상 때문이기도 하겠지. 나는 쿠바혁명에 관한 한 내 의무를 다했다는 느낌이네. 이제 나는 자네와 동지들과 그리고 이제는 나의 것이기도 한 자네의 인민들과 작별하려 하네. 나는 내가 점하고 있는 당의 직책과 장관직, 사령관의 직위, 그리고 쿠바 시민에게 부여된 모든 권리를 포기하네. 이제 어떤 법적인 것도 나와 쿠바를 잇지 못할 걸세. 오로지 임명서 따위로는 파괴될 수 없는 전혀 다른 성격의 관계만이 나에게 남을 것이네.

지나온 길을 돌이켜보건대, 난 지금까지 혁명을 공고히 하기 위해 충분히 정직했으며 한결같이 노력했노라 자부할 수 있을 것 같네. 다만 하나 잘못이 있다면 초기 시에라 마에스트라 시절부터 자네를 온전히 신뢰하지 못한 것과 자네의 지도자적 자질과 혁명가적 기질을 좀 더 신속히 파악하지 못한 것이 아닐까 하네.

난 멋진 세월을 보냈으며, 카리브 위기의 슬픈 기간 중, 자네 곁에서 우리 인민과 함께했다는 사실에 큰 자부심을 느끼네. 그 시절 자네는 어느 때보다 높이 빛났으며 보고, 생각하고, 위험과 원칙을 비교해 판단하는 자네의 향도 를, 나 자신 흔들리지 않고 따른 것이 너무나 자랑스럽네.

이 지구상의 다른 곳에서 나의 미천한 힘을 요구하는군. 자네는 쿠바의 영도자로 남아 자네의 책임을 다해야 할 것이니 이 일은 내 몫이라 생각하네. 말하자면 우리에게 작별의 시간이 온 게지.

알아줬으면 좋겠네. 내가 기쁨과 고통의 교차 속에서 떠난다는 걸. 건설자로서 내가 가질 수 있는 희망의 진수를, 내 사랑하는 것들 중 가장 사랑하는 것을 여기에 두고 떠난다는 걸, 그리고 나를 아들로 받아준 민중의 곁을 떠나게 됨을. 그 사실이 내 영혼의 한쪽을 아프게 한다네. 새로운 전장에 자네가 내 마음에 심어준 믿음을 가져가겠네. 우리 민중의 혁명의식과 내 의무의 가장 고결한 부분을 완수한다는 벅찬 감정을 가져가겠네. 어디에 있든 제국주의와 투쟁하는 것, 이것으로 내 아픔은 쉽게 치유되고 위로받을걸세.

다시 한 번 말하겠네. 단지 쿠바가 그 모범이 되어줄 것을 바라는 것 외 내가 쿠바에 바라는 건 아무것도 없다는 것과 다른 하늘 아래에서 내 최후의 시간이 도래한다면, 난 마지막으로 쿠바 민중들을, 특히 자네를 생각하게 될 것임을, 내 행동의 마지막 순간까지 충실하게 따를 자네의 가르침과 모범에 감사함을, 항상 난 우리 혁명에 입각한 대외정책을 펴왔으며, 지금도 그러하다는 것을, 내가 어디에 있든 난 언제나 쿠바 혁명가의 책임을 느낄 것이며 또 그렇게 행동할 것이라는 걸, 나의 아이들과 아내에게 어떤 물질도 남기지 않을 것인바, 이것이 나를 슬프게 하지 않고 오히려 기쁘게 한다는 것을, 그들이 먹고, 교육받는 데 필요한 모든 것을 국가가 뒷바라지해줄 것이기에 그들을 위해 난 아무것도 요구하지 않는다는 것을…….

자네에게, 인민에게 할 말이 많지만 그것도 별 의미가 없을 것 같네. 말로 내 마음을 다 보일 순 없을 테니 말이야.

영원한 승리의 그날까지, 조국 아니면 죽음.

뜨거운 혁명의 열기로 널 포옹하며!

체.

체가 피델에게 보낸 편지

체 게바라는 왜 쿠바에서 보장된 2인자의 자리를 팽개치고 다시 혁명의 소용돌이로 뛰어들었을까? 그리고 왜 하필 그곳이 아프리카, 그중에서도 콩고였을까?

의문에 대한 답은 보다 본질적인 것으로부터 나온다. 쿠바를 떠나올 때, 누군가 체에게 말했다.

"당신은 씨를 뿌리고도 열매를 따 먹을 줄 모르는 바보 같은 혁명가로군요."

그는 웃으며 답했다.

"그 열매는 이미 내 것이 아닐뿐더러 아직 씨를 뿌려야 할

곳들이 많이 있습니다. 그래서 전 더욱 행복한 혁명가이구요."

체는 결코 쿠바의 권력자가 되기 위해 쿠바혁명에 참가하지 않았다. 민중을 구하겠다는 신념을 펼치던 과정에서 맞닥뜨린 곳이 쿠바였고, 이미 혁명에 성공한 쿠바는 더 이상 그를 필요로 하지 않는다고 판단했을 뿐이다. 카스트로 형제와의 불화가 그 원인이라는 주장도 있지만 그것은 "물레방아를 향해 질주하는 돈키호테처럼, 결코 녹슬지 않는 창을 가슴에 지닌 채 자유를 얻는 그날까지 앞으로만 달려갈 것"이라던 그의 외침처럼, 혁명이 요구되는 곳이면 지구 끝까지 가겠다던 굽힐 줄 모르던 그의 혁명의지 때문이었다.

1965년 4월, 콩고 원정 대원 수 총 136명. 그중 흑인 병사가 131명, 백인 병사가 5명이었다. 신문기자 '헤수스 바레토'는 당시의 분위기를 다음과 같이 전했다.

"그들은 범세계주의라는 신성한 명분을 위해 주저 없이 목숨을 걸었습니다. 군인들의 검은 피부색이야말로 그들의 선명한 목표의식을 보여주는 듯했습니다."

아프리카 시절엔 단연 니콜라스 기옌의 시들이 돋보인다. 네루다와 바예호의 시들은 체에게 있어선 혁명의 뿌리와 같았으니 시간과 장소에 상관없이 노트의 앞부분을 차지할 것이라는 생각이 들 법도 하다. 그런데 니콜라스 기옌의 시가 초반부터 필사되고 있음은 무엇 때문인가. 아무래도 거기에는 아프리카라는 특수한 장소적 배경이 작용하고 있는 것 같다. 기옌 시의 주제는 역사적, 시간적 관점에서 보면 멀리는 스페인계 백인들, 가까이는 미경제제국주의자들에 의해 침략, 수탈, 착취당하는 쿠바 흑인들의 애환을 노래하는 것이다. 그런 의미에서 체는 콩고 도착 소감을 기옌의 다음 시로 갈음했는지도 모른다.

자, 이제 도착했어
숲으로부터 습한 언어가 새어나오고
힘찬 태양은 우리 혈관에서 떠오르네
그리고 우리 강한 주먹엔 노가 쥐여 있다네
깊은 눈망울엔 거대한 야자수들이 잠들고
탄성은 처녀의 금방울처럼 흔들리네
단단하고 넓은 우리네 발은
좁고 황폐한 길 위에 먼지를 일으키네
우린 이 물이 어디로부터 오는지 잘 알고 있으며
붉은 하늘 아래 우리 카누들을 밀어주니 또 그 물을
사랑할 수밖에 없다네
우리네 노래는 영혼의 피부 아래 근육 같다네

우린 아침에 연기를, 밤에는 불을
야만의 가죽에 제격인 달 조각 같은 칼을 지니고 왔으며

진흙에 뒹굴 악어들을
우리의 열망을 쏠 화살들을
열대 정글용 혁대와 깨끗한 영혼을
그리고 무엇보다 아메리카의 얼굴에
개성 있는 프로필을 가져왔다네……

어이, 친구들 우리 여기 왔다네!
도시는 야생벌의 벌집처럼
아늑한 궁궐들로 우릴 기다리고,
집들은 창문을 통해 무서운 눈들로 우릴 바라보고
거리는 비가 오지 않을 때의 강처럼 말라 있고……
그래, 하지만 이곳 사람들은 우리에게 우유와 꿀을 줄 것이며
푸른 잎으로 왕관을 씌워줄 것이네

어이, 친구들 우리 여기 왔다네!
태양 아래 땀을 흘리는 우리의 발은
피정복자들의 땀에 젖은 얼굴을 드러낼 것이고
별들이 우리 불꽃의 끝자락을 태울 땐
우리네 웃음은 강 위에서, 새의 날개 위에서
꼬박 밤을 샐 것이네

니콜라스 기옌의 시 「도착 」 전문

위의 시는 아프리카에서 노예로 팔려온 쿠바 흑인들의 심정을 풍자적으로 노래한 것이다. 힘들게 노를 저어 대서양을 건너왔건만 거리는 가뭄 든 강처럼 메말라 있고, 집들은 창문을 통해 무서운 눈길을 보내고 있으며, 태양 아래 땀을 흘리는 그들의 발은 '피정복자의 축축한 얼굴'을 청동거울처럼 비추고 있다. 이처럼 억압으로 신음하는 땅에 도착했을 때 게바라는 "어이, 친구들 우리 여기 왔다네"라며 소리쳤다.

"콩고, 여기는 세계에서 가장 뜨거운 격전지라네. 난 제국주의자들에게 일격을 가할 준비를 하고 있다네. 풍차를 향해 질주하는 돈키호테처럼 가슴에 녹슬지 않는 창을 품은 채, 자유를 쟁취하는 그날까지 앞으로만 달려갈 것이라네."

그런데 왜 하필이면 콩고였을까? 그에 대한 답은 콩고를 '아프리카의 베트남'으로 만들기 위해 투쟁했었던 파트리스 루뭄바Patrice Emery Lumumba 총리가 벨기에와 영국, 미국의 지원을 받은 모이세 촘베, 조제프 모부투 등 우익 군부세력에 의해 1961년 1월 살해된 데에서 찾을 수 있다.

제국주의에 대항해 싸우던 콩고의 독립 영웅이자 초대 총리였던 루뭄바의 대변인, 프란츠 파농Frantz Fanon 역시 "식민주의가 살인을 주저한 적은 결코 없었다"며 루뭄바의 죽음 앞에 아프리카 대륙 전체의 저항을 촉구했다. 하지만 루뭄바가 살해되던

콩고의 독립 영웅이자 초대 총리였던
파트리스 루뭄바(Patrice Émery Lumumba, 1925~1961)

프란츠 파농(Frantz Fanon, 1925~1961)과 피델 카스트로(Fidel Castro, 1926~)

그해 12월, '아프리카의 게바라'로 불리던 그 역시 백혈병으로 숨지고 만다. 만약 파농이 죽지 않았더라면 체 게바라와 더불어 그 역시 콩고혁명을 위해 함께 싸웠을 것이다.

니콜라스 기옌의 시에는 혼혈인종에 관한 시들이 많다. 그는 물라토와 삼보 등 혼혈인종을 아프리카, 아메리카, 유럽, 이 3대륙의 '합合'으로 봤다. 아프리카를 '정正'이라 하고 아메리카나 유럽을 '반反'이라 한다면, 그 둘 혹은 셋의 인종적 '합'은 물라토나 삼보가 된다. 말하자면 그들 혼혈인들은 지배와 피지배, 착취와 피착취, 억압과 피억압, 제국주의와 반제국주의의 결합이 낳은 아이로니컬한 산물이라는 뜻이다. 그래서 기옌의 시에서 물라토들은 웃음과 울음을 동시에 터뜨릴 듯, 아주 미묘한 표정을 짓는다. 자신의 정체성에 대한 번민을 드러내고 있는 아래 시에서 우린 그 표정들을 어렵지 않게 읽을 수가 있다.

> 두 할아버지의 그림자가
> 날 호위하네
>
> 가죽과 나무로 된 북과 뾰족한 뼈를
> 창끝에 매달아 던지는 내 흑인 할아버지,

회색 갑옷에 목에 두툼한 깃 장식을 두른
내 백인 할아버지.

맨발에 돌 흉상의 흑인 할아버지,
남극 유리 동공 백인 할아버지.

귀가 먹어버릴 징 소리와
습윤한 정글의 아프리카.
아, 죽겠네(흑인 할아버지의 말씀)
미국산 악어 카이만이 득실대는 늪지대,
코코넛의 푸른 아침……
아, 지겨워(백인 할아버지의 말씀)
씁쓸한 바람의 촛불,
황금에 불타는 범선……
아, 나 죽어!(흑인 할아버지의 말씀)
오, 유리구슬에 속은 처녀 목 같은 해안들!
아, 지겨워(백인 할아버지의 말씀)
열대의 쳇바퀴에 갇힌 순전히 세공된 태양
원숭이들의 꿈 위에 뜨는 둥글고 흰 달!
(두 할아버지의 말씀)

아, 그 많은 배들, 배들!
그 많은 검둥이들, 검둥이들!
사탕수수의 긴 광채,
검둥이 노예를 다루는 채찍!
울음과 피의 돌,
터진 혈관과 눈동자들,
텅 빈 새벽, 궁리의 저녁,
산산조각 내는 목소리,
아, 힘찬 목소리.
그 많던 배들, 그 많던 검둥이들!

두 할아버지 그림자가
날 호위하네

돈 페데리꼬는 소리치고
돈 파쿤도는 정적을 지키네
두 양반 밤새 꿈을 꾸며 걸어가고
난 그 두 양반을 합쳐드리네

페데리꼬!
파쿤도!

마침내 두 양반 서로 포옹하네
심호흡하곤 단단한 머리들을 치켜드네
높은 별 아래, 두 분의 키가 똑같네
흰 손, 검은 손
같은 크기의 그들이 소리치네,
꿈을 꾸네, 울음 우네.
노래를 부르네, 노래를 불러,
노래를 부른다구!

니콜라스 기옌의 시「두 할아버지의 발라드」전문

16세기 초 스페인 정복자들은 쿠바로 아프리카 흑인노예들을 데려와 담배, 사탕수수 등을 경작케 했다. 19세기까지 수입된 흑인노예 수는 백만 명에 이르렀으며, 현재 쿠바 인구 천백만 중 약 절반이 물라토다. 스페인 군사들은 흑인 여성노예들을 성노리개로 취급했으며, 그 결과 물라토들은 부계는 백인, 모계는 흑인인 일방적 혼혈 양상을 띠게 되었다. 위 시에서 돈 페데리꼬는 스페인계 할아버지 즉, 친할아버지 쪽을 가리키고, 돈 파쿤도는 아프리카계 할아버지 즉 외할아버지 쪽을 가리킨다. 정과 반, 물과 기름, 채찍을 든 자와 채찍을 맞는 자 간의 결합 그리고 그 결과인 물라토들. 여기서 시인은 그 두 극단을 끌어안기 위해 노래한다. 즉 그의 시는 벌어진 살갗 상처를 기우는 실밥 역할을 하고 있는 것이다.

체 게바라는 비참한 생활을 하고 있는 남미 인디오들에게서 느꼈던 감정을 물라토와 흑인들에게서 동일하게 느꼈다. 아프리카 원정팀에 백여 명의 쿠바 흑인대원들이 참여하게 된 이유도 여기에 있다.

1963년, 남아공 정부의 인종차별정책에 반대하던 넬슨 만델라의 연설에 크게 감명받았던 체 게바라는 콩고혁명에 몰두하던 1965년 8월, 탕가니카 호수의 탄자니아* 쪽에서 당시 만델라의 부인이었던 위니 만델라를 만나게 된다. 체는 자신이 쓴 편지를 감옥에 있는 넬슨 만델라에게 전해달라고 부탁하면서 마치 돈 페데리꼬와 돈 파쿤도가 색이 다른 두 손으로 서로를 포옹하듯 그와의 연대 의사를 밝히기도 했다.

조지 큐블러George Kubler는 "식민지는 혼혈의 역사적 영화관이다"라고 했다. 새로운 땅을 정복한 스페인 지배자들은 모든 분야에서 용광로 정책을 시행했다. 특히 피를 섞는 일은 백인 남자와 원주민 여자 간은 물론이고 원주민 남자와 백인 여자 간에도 권장되었다. 그래서 쿠바 독립의 아버지 호세 마르티Jos

* 체가 혁명진지를 구축했던 탕가니카호의 유비라에서 키부 산맥과 키부호, 비룽가 산맥에 이르는 지역은 모두 키부주에 속하는 산악지대로, 마운틴고릴라가 살 정도로 산세가 험해 게릴라전을 펴기엔 안성맞춤이다. 그곳은 수년 전까지만 해도 콩고의 반군과 주변 르완다 및 우간다의 반군들이 활동했던 지역이기도 하다.

Martí 역시 혼혈이야말로 "우리 아메리카Nuestra América의 본질"이라 주장했다. 하지만 아메리카의 혼혈은 앞서 밝힌 것처럼 현실적으로 인디오 여성 혹은 흑인 여성 대 백인 남자로 그 성적 결합이 지배와 피지배 관계의 틀을 벗어나지 못했다.

중남미 인구의 80퍼센트가 혼혈이건만, 그들의 성과 이름은 모두 백인들의 것이다. 그들은 부성과 모성을 함께 쓴다. 예를 들면 김OO의 모친 성이 박씨라면 그는 김박OO이라 불리게 되고 그의 부인의 성이 최씨라면 그의 자식들에 이르러선 그들 할머니의 성인 '박'은 빠져버리고, 그 자리에 '최'가 들어가 자식들은 김최△△ 등으로 불리게 된다. 말하자면 모성은 세대마다 달라지지만 부성은 대를 이어 변함이 없는 것이다.

아메리카 대륙의 여러 국가들 중 그 관문 역할을 한 쿠바는 이러한 혼혈을 가장 극적으로 체험하면서, 인종과 문화의 용광로가 되기에 이르렀다. 쿠바에서의 1세대 인종들은 원주민 인디오, 스페인인, 아프리카 흑인이며 이들 간의 혼혈을 통해 메스티소, 물라토, 삼보 등이 나오게 되었다. 스페인 사람들 역시 라틴계, 게르만계, 아랍계 등 다양한 피를 가진 민족임을 감안한다면 쿠바 안에 유럽, 아프리카, 아메리카 세 대륙이 모두 들어와 있다고 말할 수도 있을 것이다. 더구나 19세기 말부터 유입되기 시작한 중국, 일본, 필리핀 등 아시아계 이민자들, 아이티 독립운동에 쫓겨 피난 온 프랑스인들, 북미의 루이지아나로부터 들어와 시엔푸에고스Cien Fuegos 등 도시들을 건설한 웨일즈인들의 집단이주까지 생각이 뻗치면 쿠바 안에 전 지구가 다 들어와 있다는 말이 과장으로 들리지만은 않는다.

다음에 소개할 시들은 백인의 농장에서 착취당하는 흑인과 물라토들의 애환을 노래한 것들로, 체가 콩고 원정을 결심하는 데 일조한 시들이 아닐까 한다.

채찍,
땀과 채찍.

태양은 일찍 맨발의 검둥이를 깨우고
발가벗은 그를
또 농장에서 만났다

채찍,
땀과 채찍.

바람은 소리치며
지나갔다
–손마다 검은 꽃이네!

피가 그에게 말했다. 자, 가자!
그가 피에게 말했다. 자, 가자!
맨발에 피투성이가 되어 떠났다
사탕수수밭은 떨면서 길을 내주었다

하늘은 숨죽이고
하늘 아래 그 노예는
검붉은 피에 물든 노예는……

채찍,
땀과 채찍
피에 물든
채찍,
주인에 의해
피에 물든

니콜라스 기옌의 시 「땀과 채찍 」 전문

수수밭 옆에는
검둥이

수수밭 위에는

양키

수수밭 아래는
흙

수숫대 속엔
피!

니콜라스 기옌의 시 「사탕수수 」 전문

스페인이 정복전쟁을 벌이기 전, 쿠바에는 약 11만 명의 원주민이 살고 있었는데, 정복전쟁 기간 중 원주민 학살을 지속한 결과 1550년경에는 3천 명 선으로 줄어든다. 그리고 1560년경에는 거의 전멸되고 만다.

원주민의 전멸로 인해 노동력이 부족해지자 스페인 왕실은 모자라는 노동력을 보충하기 위해 아프리카에서 흑인노예들을 수입했다. 흑인노예들은 사탕수수 농장에 투입되었다. 농장주이자 설탕공장 사장이었던 백인들은 사탕수수 줄기를 압착하여 즙을 빼낼 때 부려먹던 말보다도 더 못한 동물로 흑인들을 취급했다. 인내의 한계를 느낀 흑인들은 마침내 사탕수수밭과 농장을 불태우기로 결심했다. 하지만 그들 백인 지주들을 당할 재간이 없었다. 흑인노예들의 시체가 산더미처럼 쌓여갔으며 섬 전체가 붉게 물들었다. 드디어 그들은 조직의 필요성을 깨닫기 시작했다. 1795년, 흑인 니콜라스 모랄레스 가 그의 동료들과 함께 흑백의 평등을 외치며 반란을 도모했다. 하지만 사전에 그 계획이 누설되어 모두 처형당하고 만다. 또다시 1812년, 호세 안토니오 아폰테 가 또 한 번 혁명을 시도했다. 하지만 그 역시 실패하고 가담자 전원이 교수형에 처해진다. 1844년, 마침내 쿠바 역사상 가장 격렬한 흑인노예 저항운동이 일어난다. 일명 '계단의 음모 '라 불리는 이 운동에는 흑인은 물론이고 물라토와 소수의 백인들까지 참여했다. 그들 중에는 교수, 의사 등 지식인들도 다수 포함되어 있었다. 하지만 이 운동 역시 실패하고 말았다. 식민정부는 저항운동을 주도한 그들을 잔혹한 형벌에 처했다. 80여 명이 사형당했으며 형벌을 견디지 못하고 죽은 흑인과 물라토가 300명에 달했다. 그 후 1886년 스페인 정부가 노예제를 폐지하기까지 350년간 '사탕수숫대 속에선 흑인의 피'가 흘렀다.

노예제도는 폐지되었지만 착취까지 사라진 것은 아니었다. 1898년, 아바나항에 정박 중이던 미국 선박 메인호에서 원인 모를 폭파사건이 일어나자 미국은 스페인에 선전포고를 했다. 전쟁은 미국의 승리로 끝나고 '파리평화조약'이 체결되어 쿠바는 마침내 독립을 하기에 이르렀다. 하지만 종전 후 미국 군정이 실시되었고, 1902년 군정은 끝났지만 쿠바 경제는 이미 미국 자본에 장악되고 만 뒤였다. "수수밭 옆에는/검둥이// 수수밭 위에는/양키!"라는 구절처럼 사탕수수밭의 주인들만 스페인 정복자들에서 미국 양키들로 바뀌었을 뿐, 다시 쿠바의 흑인 노동자들은 착취당하기 시작했다.

체 게바라는 콩고의 독립영웅 루뭄바를 추방하고 쿠데타로 정권을 잡은 모부투 세세 세코Mobutu Sese Seko, 1930~1997가 미국의 비호를 받으며 민중들을 탄압하고 독재를 일삼자 다음과 같이 말했다.

"세계 모든 자유인들은 콩고에서 일어나는 반인륜적 범죄 행위를 결코 용서해서는 안 된다. 우린 지금 잠에서 깨어나 새로운 지평선을 바라보고 있다. 지난 식민지 시절 미처 깨닫지 못한 것들을 비로소 깨닫고 있다. 그것은 서구문명의 화려함 뒤에 숨겨져 있는 하이에나와 자칼의 날카로운 발톱이다. 그 발톱들이 바로 가련하고 불쌍한 우리 형제들을 갈기갈기 뜯고 있는 것이다."

체는 '검붉은 피에 물든 이'들을 위해 콩고로 떠났다. 남아공의 흑백 인종차별정책인 아파르트헤이트에도 저항했던 그는 타투* 라고 불리었다. 그 후 흑인 환자들까지 돌봐주었기에 무간다** 란 말까지 덧붙여져 타투 무간다라고도 불리었다.

다음에 소개할 시는 체가 69편 중, 49번째로 필사한 것으로 지금까지의 시들과는 그 배경이 다른, 아프리카나 쿠바가 아닌 미국이다.

미국,
바람의 장미는 핏빛 붉음을 띤 꽃잎을 달고 있다

오, 검둥이들의 오랜 친구, 미시시피는 흐른다
물에다 혈관을 열어놓은 미시시피,
넓은 가슴, 한숨지으며 야만의 기타로
딱딱한 눈물로 아, 미시시피는 흐른다

보아라, 강이 흐를 때 익은 비명들이 매달려 있는
침묵의 나무들을
보아라, 강이 흐를 때 위협적인 불의 십자가들을
보아라, 강이 흐를 때 파랗게 겁에 질린 얼굴들을

* Tatú, 스와힐리어로 숫자 3을 의미

** Muganda, 고통을 덜어주는 사람이란 뜻의 스와힐리어

그 식인의 밤, 갈라진 검둥이의 배에다 연기를 채우곤
영혼을 훈제하려 드는 모닥불 주위의 백인들의 춤을
축축한 창자, 학대받는 성[illegible], 저기 알코올이 넘치는 남부에
치욕과 채찍이 난무하는 남부에
흐른다, 미시시피는 흐른다

그래, 미시시피
넌 검둥이들의 오랜 친구
앙상한 어린이, 네 강변에 작은 꽃,
네 나무들엔 여태 뿌리들이 없고
네 숲엔 둥치가 없구나
네 땅엔 돌이 없고 네 물엔 악어들이 없구나
방금 죽은 아이, 살해된 검둥이 아이만 있을 뿐

팽이를,
동네 친구들을,
주말 외출복에 극장표를,
책상과 흑판을, 잉크병을, 야구장갑을
복싱 프로그램을, 링컨의 초상화를
무엇보다 미국 깃발을 지니고 있는 검둥이 아이,
홀로 살해된 아이,

한 백인 소녀에게 던져진 사랑의 장미

오, 오래된 미시시피여!
오, 왕이여, 깊은 망토를 걸친 강이여!
네 거품의 행진, 바다로 향하는 네 푸른 행차를 멈춰라
보아라, 가벼운 몸을
날개를 지녔던 시절, 그 상처가
그 자국이 채 아물지 않은 이 소년 천사를
돌에 맞아, 납덩이에 맞아, 욕지거리와 몽둥이에 맞아
옆모습이 없어진 이 얼굴을 보아라
굳어버린 핏덩어리, 갈라진 가슴팍
오라, 지하의 도깨비불로 이 밝은 밤,
재앙의 달 밝은 밤, 검둥이들의 느릿한 밤으로

말해보아라, 미시시피
눈먼 물로써, 무관심한 드센 팔뚝으로써,
네 바라본다면
이 장례를, 이 범죄를, 이 복수 없을 작디작은 죽음을,
거대하고 순수한 이 시체를……
네 주먹을, 새들을, 꿈들을, 무기들을 싣고
이 휘황한 밤을 저어 오려무나

오, 검둥이들의 옛 친구 미시시피여!

말해보아라, 말 좀 해보아라

니콜라스 기옌의 시 「에멧 틸을 위한 비가Elegy of Emmett Till」 전문

위 시의 주인공 에멧 틸Emmett Louis Till은 열네 살 어린 나이로 미시시피 강 유역에서 백인들에 의해 살해당한 소년이다. 이 사건은 곧바로 미국 흑인인권운동의 도화선이 되었다.

1955년 8월 21일, 장난기 많은 사춘기 소년 에멧 틸은 소다수와 사탕을 사기 위해 사촌인 힐러 파커 주니어Wheeler Parker Jr. 등과 함께 브라이언트 식료품 가게Bryant's Grocery and Meat Market에 들어갔다. 가게엔 21세의 주인 여자 캐롤린 브라이언트Carolyn Bryant만이 있었다. 꼬마들은 온종일 목화밭에서 일하고 돌아오는 중이었다. 훗날 그 아이들은 모두 에멧 틸 사건의 증인이 되었다. 캐롤린은 틸이 그녀의 손을 잡고 데이트를 신청했다고 했지만 아이들의 증언은 달랐다. 어떤 아이는 틸이 그녀를 향해 "안녕, 베이비"라고만 했다 했고 틸의 사촌, 힐러는 틸이 휘파람만 살짝 불었을 뿐이라고 했다. 대충 아이들의 증언은 평소 흥이 많고 농담을 좋아하던 틸이 그냥 캐롤린의 기분을 좋게 해주려 했을 뿐이란 것이었다. 하지만 그녀의 반응은 달랐다. 사건 같지 않은 사건을 그녀는 마을의 누군가에게 말했고, 그 누군가는 또 다른 누군가에게 부풀려 말하는 식으로 마침내 작은 마을에 소문이 쫙 퍼져버렸다. 그 후 며칠 뒤, 여행에서 돌아온 그녀의 남편 브라이언트는 화가 머리끝까지 치밀어 올라 그의 이복동생 밀람 등과 함께 틸을 잡아다가 픽업에 태우곤 곧장 선플라워 카운티 에 있는 한 플랜테이션 농장 창고에다 집어넣었다. 이어 그들은 돌과 방망이 등으로 어린 소년을 마구 구타한 뒤 머리에다 총을 쏴버렸다. 틸의 죽음을 확인한 그들은 강철선으로 사체를 칭칭 감은 뒤 목 부분에 70 파운드가 넘는 제면기 모터를 묶어 탈라하치 강 에 던져버렸다. 그 후 사체는 형체를 알아볼 수 없을 정도로 부패된 채 미시시피 강 유역 작은 마을 머니 에서 발견되었다. 틸의 고향인 시카고로 관이 운송되어오자 틸의 어머니는 관 뚜껑을 뜯어서라도 아들의 얼굴을 보고 싶어했건만, 관계당국은 결코 허락지 않았다. 아들을 볼 권리를 끈질기게 주장한 끝에 결국 목관은 열렸다. 그러나 퉁퉁 부은 사체는 "돌에 맞아, 납덩이에 맞아, 욕지거리와 몽둥이에 맞아/옆모습이 없어진 이 얼굴", "굳어버린 핏덩어리, 갈라진 가슴팍" 등의 시구절처럼 이목구비가 모두 뜯겨져나간 상태여서 식별이 불가능했다.

이 사건은 50여 년이 지난 오늘날까지 증인들의 엇갈리는 진술로 종결을 짓지 못하고 있다. 2004년, 미 법무성은 심리재개를 결정하고 2005년 3월 31일 시카고 근교 공동묘지에 묻혀 있던 틸의 유해를 꺼내 부검을 시작했다. 그 결과 사망 원인은 두부 총상으로 인한 두개골 파괴, 구타 등 폭행으로 인한 손목뼈와 다리뼈 골절 등으로 밝혀졌다. 2007년 3월 29일 FBI는 이 사건의 공범 중 헨리 리 로긴스Henry Lee Giggins와 브라이언트의 전부인 캐롤린에게 마침내 증거 부족으로 인한 '혐의 없음' 판정을 내렸다.

체 게바라가 이 시를 필사했던 시점은 사건이 발생한 지 만 10년이 흐른 뒤였다. 하지만 그때나 지금이나 사건은 여전히 미궁에 빠져 있다. "오, 검둥이들의 옛 친구 미시시피여!/말해보아라, 말 좀 해보아라"라는 시구절처럼 오로지 미시시피에게 그 답을 구할 뿐이다.

체가 69편의 시 중 47번째로 필사한 다음 시 역시 흑인인권 운동을 다루고 있다. 일명 'Little Rock* Nine'이라고도 불리는 사건으로 마틴 루터 킹 주니어의 몽고메리 버스 보이콧 운동 등과 함께 미국의 인종차별정책에 큰 전환점을 가져다준 사건을 고발하는 시이다.

* 1927년에 지어진 리틀록센트럴 하이스쿨은 이제 알칸사 주 최고의 공립학교가 되었다. 하지만 학교 주변엔 백인들이 살지 않는다. 클린턴은 1998년 11월 6일에 열린 백악관 행사장에서 이 학교를 미국의 역사적 장소로 지정하는 법안에 서명한 바 있다.

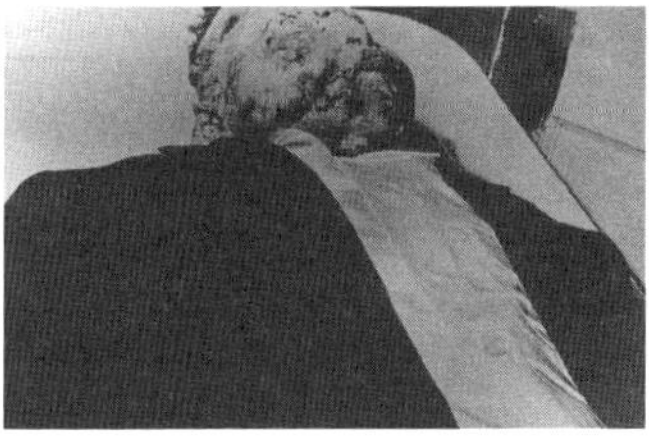

틸은 얼굴을 알아볼 수 없을 정도로 폭행을 당했다. 니콜라스 기엔은 옆모습이 없다고 표현했다. 틸의 어머니, 브래들리는 자신이 끼워준 죽은 남편의 반지를 보고선 아들임을 알 수 있었다.

에멧 틸 사건을 다룬 영화의 포스터(2005년 작). 오른쪽은 그의 어머니 마미 틸 브래들리 (Mamie Till Bradley)

정교한 아침, 블루스 한 곡이 리듬의 눈물로 내린다
남쪽 흰둥이는 채찍을 투욱, 털곤 후려치는 시늉을 한다
군인들의 총 사이로 흑인 학생들이 공포의 학교로 간다
강당에 도착할 때, 짐 크로우 는 그들의 선생이 될 것이다
윌리엄 린치 의 아들들은 그들의 급우들이 될 것이며
흑인 학생들의 책상 위에는 피의 잉크가, 불의 연필이
놓일 것이다

남부 의 포버스 * 세상은 그러하다
그의 채찍은 쉴 새 없다
저쪽 부패된 딱딱한 하늘 아래선
흑인 아이들은 가까운 백인 아이들 학교를 다니지 못한다

얌전히 집에 머물든지
죽도록 맞든지(알 수 없는 일이지만)
길거리에서 모험을 하고
총 맞아 죽어 침 뱉기를 당하지 않으려면
지나가는 흰둥이 여자애에게 휘파람을 불지 말든지
눈을 아래로 깔고 예스,

* 그 당시 알칸사 주의 주지사 이름

1957년, 리틀 록 나인 중 한 명인 엘리자베스 엑포드(Elizabeth Eckford)가 백인 시위자들과 군인들 사이를 지나가고 있다. 차분히 인내하는 듯한 그녀, 뒤에서 소리치며 증오의 눈빛을 보내고 있는 백인 여자들과 대조가 된다.

몸을 반으로 접고 예스,

무릎을 꿇고 예스,

그 자유의 세상에서 예스,

바보 포스터가 공항에서 말한 것처럼 예스,

조그마한 흰 골프공이,

대통령이 친 아주 작은 행성 같은 흰 골프공이 굴러

푸르디푸른 그 잔디밭 위로 미끌 구를 때처럼 예스!

……라고 하든지

자 신사숙녀, 남녀노소, 대머리, 터벅머리,

인디오, 물라토, 네그로, 삼보, 모두들 생각해보시라

세상 모두 남부가 됨을.

피와 채찍 천지의 세상, 백인들을 위한 백인들만의 학교,

록Rock과 리틀Little, 양키들만의 세상……

잠시라도 좋으니 한번 생각해보시라

니콜라스 기옌의 시 「리틀 록Little Rock」 전문

1619년 8월, 네덜란드 해적선 한 척이 북미 동부 연안 버지니아에 흑인 20여 명을 떨어뜨렸다. 미국 흑인노예사의 서막은 그렇게 올랐다. 그들은 바로 영국의 최초 아메리카 식민지, 제임스타운이 사들였던 노예들이었다. 그 후 40년 뒤, 미국의

노예수입은 본격화돼 1776년, 미국 독립 당시엔 1,400만 명의 흑인노예가 백인들의 학대에 시달리고 있었다. 위 시에 등장하는 짐 크로우와 윌리엄 린치가 바로 이러한 흑인인권탄압의 대명사들이다.

먼저 윌리엄 린치는, 사적 처형 내지 사적 제재를 이야기할 때 쓰는 '린치 '라는 낱말의 장본인이다. 윌리엄 린치는 18세기 초 버지니아 주의 한 농장 지주로서, 흑인노예들을 어떻게 하면 잘 관리할 수 있을까 하는 내용의 강연을 제임스 강둑에서 하게 되었다. 다음은 그 강연 내용이다.

"난 지금 1712년 제임스 강의 강둑에서 신사 여러분들과 인사를 나누고 있습니다. 먼저 저를 이곳에 초청해주신 버지니아 신사분들께 감사의 말씀을 올립니다. 저는 여러분들이 고민하고 계시는 노예문제를 풀어드리고자 이곳에 와 있습니다. 저는 노예를 효과적으로 다루는 노하우를 알고 있습니다. 고대 로마 사람들이 엄청 부러워할 비법입니다. 로마 사람들은 통나무를 이용해 십자가를 만들어 노예의 몸통을 매달았고, 또 여러분들은 그것을 본떠 나무와 로프를 이용하고 있습니다. 저는 이곳으로 오는 도중, 나무에 매달려 바람에 흔들거리는 검둥이들의 시체를 곳곳에서 목격했습니다. 그러지 마십시오. 왜 여러분의 재산을 나무에다 매달아놓습니까? 그러다 보니 노예들은 반란을 일으키게 되고 들녘들은 버려져 수확에

차질이 생기게 되니 결국 그로 인한 손해는 고스란히 여러분들의 몫이 되는 것입니다.

자, 여러분! 제가 지금부터 그 문제를 풀어드릴 테니 잘 들어보십시오.

여기 제 가방에 노예를 효율적으로 컨트롤할 수 있는 비법이 들어 있습니다. 잘 적용하시면 최소 300년간은 골치가 안 아프실 겁니다. 방법은 아주 간단합니다. 여러분들의 가족이나 농장 감시인들도 사용할 수 있습니다. 전, 지금까지 깜둥이들 사이에도 많은 차이점이 있다는 걸 알아냈습니다. 전 이 차이점들을 잘 활용하고 있는 것입니다. 그들을 컨트롤하기 위해 그들이 지니고 있는 공포, 절망, 시기심 등을 이용하는 겁니다. 이 방법은 지금 웨스트 인디스에 있는 저의 농장에서 실제로 적용하고 있으며, 앞으로 미국 남부 전 지역에서 애용될 것임을 확신합니다. 아주 간단한 차이점들입니다. 그것들을 알파벳 순으로 나열해보면 'AGE(나이)', 'COLOR(피부색의 농도)', 'INTELLIGENCE(지능)', 'SEX(성별)', 'SIZE(크기)', 'SIZES OF PLANTATIONS(농장의 규모)', 'STATUS(농장의 상태)' 그리고 'ATTITUDE(농장 주인의 태도)' 등입니다. 그것들이 바로 키워드들입니다. 노예들이 골짜기에 살든, 언덕에 살든, 동서남북 어디에 살든, 머리카락이 뽀글뽀글하든 아니든, 키가 작든 크든 전혀 문제가 되질 않습니다. 차이점들의 리스트를 작성해보십시오. 이제 여러분들께 행동강령의 아우트라인을 설명 드리겠습니다. 먼저, 신뢰보다 불신이, 아첨, 존중, 존경보다 시기, 질투, 반목이 훨씬 강력하다는 사실을 명심하십시오. 강령이 실행에 옮겨진 후 얼마 안 가 효과를 보시게 될 겁니다. 그리고 여러분의 노예들은 그들 스스로 수백 년 아니, 수천 년간 이 수칙을 지키며 조용히 순종할 것입니다.

잊지 마십시오, 늙은 검둥이 대 젊은 검둥이, 짙은 색 검둥이 대 옅은 색 검둥이, 암컷 검둥이 대 수컷 검둥이, 이렇게 서로 대립시켜야 한다는 사실을. 그리고 여러분들의 백인 하수인이나 감시인들이 노예들을 불신하도록 만드십시오. 노예들은 오로지 주인님만 사랑하고 믿고 따르며 의지하도록 해야 합니다. 신사 여러분, 이것이 바로 열쇠입니다. 사모님들과 자제분들에게도 전해주십시오. 일 년만 적용해보시면 검둥이 노예들은 영원히 서로를 불신하게 될 것입니다. 감사합니다."

그 후 흑인노예들은 윌리엄 린치의 말대로 서로를 불신하게 되었고, 그들 사이에서 말 그대로 린치가 행해지기도 했다. 이를 지켜본 당국은 본격적으로 윌리엄 린치의 이름을 따서 흑인노예들을 다루는 법인 린치법 을 제정하기에 이르렀다. 급기야 '린치'란 낱말은 군중이 흑인들을 임의로 사살하거나 교수형에 처하는 행위를 뜻하는 낱말로 전의돼버렸다. 수많은 흑인들이 린치에 의해 숨져갔다. 앨라배마 주의 터스케지 대학교Tuskegee University의 기록에 따르면 미 백인들의 군중 린치로 1882년부터 1968년까지 4,743명이 살해됐으며, 그중 흑인이 3,446명으로 대부분을 차지하고 있다. 특히 땅을 가진 흑인들이 많이 희생되었으며, 심지어 백인 여자를 쳐다보거나 백인 남자에게 말대꾸를 한다는 이유로도 처형되었다. 이들 중 일부는 교수형에 처해지기 전 눈알이 도려지고, 사지가 절단되거나 말뚝에 묶인 채 불에 태워지기도 했다. 린치는 백인들에게 아주 좋은 구경거리였다. 서부영화에서 종종 볼 수 있는 마을광장 등에서 집행되는 공개처형으로, 1882년부터 1968년까지 무려 90년 가까이 법적으로 허용됐다. 충격적인 사실은 백인 사회에서는 이 같은 린치 과정이 어린이들까지 구경할 수 있는 일종의 축제로 여겨졌다는 것이다. 행정당국은 보다 많은 사람들이 구경할 수 있도록 처형 날짜를 학교와 회사가 쉬는 공휴일로 정했으며, 그 장소와 시간을 신문에 광고까지 냈다.

시에 나오는 짐 크로우는 미국 남부의 여러 주와 도시들이 흑인을 박해하고 차별하기 위해 제정한 흑백분리법의 명칭인데, 1830년대 뮤지컬에 나오던 등장인물의 이름에서 따온 것이다. 음유시인들이 출연해 주로 흑인들을 비하하는 내용을 연출하던 이 쇼에서는 얼굴을 검게 칠한 백인들이 흑인 역할을 했다.

1862년 9월, 링컨 대통령은 버지니아 정부가 노예제 법령들을 공표한 지 200년 만에 '군사적 이유'로 노예해방 선언을 했다. 그리고 1866~1868년 사이 흑인의 시민권(수정헌법 14조)과 참정권(수정헌법 15조)을 보장해주었다. 노예에서 하루아침에 시민으로 신분이 상승되었지만, 흑인들에게 인종차별의 장벽까지 걷힌 것은 아니었다. 그중에 1890년에 등장한 '짐 크로우 법 '은 온갖 방법으로 흑인의 권리를 제한하던 악법 중 악법이었다. 그 법의 핵심은 문화적으로나 정신적으로나 흑인은 백인보다 열등하다는 논리로부터 도출되었다. 법이 시행됨에 따라 미국 남부의 거의 모든 주에서는 공공건물부터 화장실, 음식점, 병원, 도서관, 심지어 교회에까지 흑인들은 입장할 수 없거나 백인과 다른 출입구를 사용해야만 했다. 버스를 탈 때는 흑인은 반드시 운전석 뒷자리에 앉아야만 했으며, 트럭의 경우 짐을 싣는 화물칸에 타야 했다. 심지어 교회 목사들까지 흑인들을 타고난 종으로 여겼으며, 신은 인종차별을 묵인했노라고 설교했다. 설상가상 우리의 헌법재판소에 해당하는 미연방대법원은 여러 차례 짐 크로우 법을 지지하는 판결들을 내렸다. 그중에서 가장 유명한 판결이 1896년의 '플레시 대 퍼거슨 판결 '이다. '플레시 대 퍼거슨 판결'은 철도회사가 백인 승객들과 흑인 승객들의 객차를 분리하는 것을 허용했다. 미연방대법원은 흑인과 백인을 두 대의 다른 객차에 분리해 승

차시키는 것은 비록 "분리되긴 하지만 결과적으로 똑같은 대우separate but equal"를 받기 때문에 합헌이라고 했다. 그리고 1899년, 미연방대법원은 인종별로 다른 학교에 다닌다고 해서 누군가의 권리가 손상되는 것은 아니라는 판결까지 내렸다.

마틴 루터 킹이 남부에서 흑인민권운동을 시작한 이유도 남부의 지역적 특성 때문이었다. 1930년, 세계적인 경제공황 속에서 흑인과 백인이 같은 일자리를 놓고 경쟁하게 되면서부터 인종차별의 골은 더욱 깊어져갔다. 마틴 루터 킹 목사는 '버스 안 타기 운동' 등 비폭력투쟁을 통해 하나하나 문제를 해결해 나갔다. 마침내 연방대법원은 '플레시 대 퍼거슨 판결'을 뒤집는 판결을 내놓았다.

당시 미국에는 백인, 흑인학교가 철저히 분리되어 있어, 아무리 흑인학교가 멀리 있다 하더라도 흑인은 백인학교에 갈 수 없었다. 브라운Brown은 헌법소원을 제기했고 드디어 1954년, 미연방대법원은 위헌을 선언하기에 이르렀다. 이것이 그 유명한 '브라운 대 교육부Brown vs. Board of Education' 판결이다.

알칸사 주의 리틀록 교육구는 대법원의 브라운 판결 이후, 점차적으로 이 법을 자기들 교육구에 적용하기로 했다. 첫해인 1957년, 고등학교를 흑백공학으로, 다음 해엔 중학교, 그다음 해엔 초등학교까지 공학 확산 계획을 세웠다. 마침내 17명의 흑인 학생들이 리틀록고등학교에 입학원서를 내게 됐다. 하지만 백인들의 갖은 협박에 못 이겨 결국 9명만이 등교하게 되었다. 백인들은 그들 9명의 등교까지 막기 위해 법원에 등교정지 가처분 신청을 냈으며, 당시 주지사 포버스 는 주 방위군을 동원해 흑인 학생들의 등교를 막았다. 하지만 이를 지켜보던 아이젠하워 대통령은 마침내 연방경찰과 포트 캠벨의 육군특수부대를 파견해 흑인 학생들의 등교를 강행했다. 결국 학교는 그들을 정식학생으로 받아들였으며, 그 수가 9명이어서 그들을 'Little Rock Nine'이라 부르게 된 것이다. 흑인 학생들은 수많은 백인 시위자들 속에서 군인들의 에스코트를 받으며 학교를 다녔다. 그 아홉 명 중 하나인 멜바 파틸로 는 다음과 같이 회고했다.

"교회에 가니 어떤 흑인 한 분이 내가 잘난 척하느라 자기들만 고생시킨다고 야단이었습니다. 하지만 우린 등교해서 백인들에게 무수히 얻어맞고 밟히면서도 입을 꾹 다물며 참았어요."

짐 크로우 법은 1960년대 민권운동에 의해 폐지됐다. 그 후 민권법을 포함해 기타 흑인들을 위한 투표법, 공정주택법 등 연방정부의 여러 가지 법률들도 제정되었다.

세월은 흘렀다. 체 게바라가 싫어하던 양키들의 세상에서 그가 좋아하던 흑인이 대통령이 되었다. 킹 목사가 '나에겐 꿈이 있다'고 외친 지 45년 만에 흑인노예의 후손이 자유세계의 지도자로 선출된 것이다. 오바마의 대통령 당선은 미국 사회의 감추고 싶던 치부를 당당한 자긍심으로 바꿔놓았다. 이제 미국은 더 이상 체 게바라가 증오하던 '양키들만의 세상'이 아니다. 하지만 그렇게 되기까지엔 너무나 오랜 세월이 걸렸다. 버락 오바마는 과연 흑인들의 인권을 위해 목숨을 걸고 싸웠던 체 게바라를 어떻게 생각할까?

1956년 11월 26일 단 82명으로 구성된 쿠바 해방군은 나무 요트 그란마Granma를 타고 멕시코 툭스판 강을 따라 쿠바로 출발했다. 한 달쯤 뒤인 12월 23일, 마침내 그들 대원 대부분은 전사하거나 체포되어 겨우 열두 명만 남게 됐다. 하지만 그것은 쿠바혁명 신화의 신호탄에 불과했다. 체와 피델을 비롯한 몇몇 생존자들은 시에라 마에스트라 산맥에 숨어들어 게릴라 활동을 펼치면서 혁명군을 모으기 시작했다. 그들은 거대한 협곡들로 이루어진 산악지대에 게릴라 진지를 구축하고선 마침내 1958년 12월경, 드디어 독재자 바티스타의 군대들을 쿠바 전역에서 몰아내기 시작했다.

산타클라라에 도착한 체는 병영수장인 에르난데스Hernandez에게 눈을 부릅뜨며 말했다.

"정확히 12시 30분에 이곳에 공격명령을 내릴 것이다. 우린 어떤 대가를 치르게 되더라도 반드시 이 진지를 접수하게 될 것이고 당신들은 피의 역사에 대한 책임을 면치 못할 것이다. 당신들이 쿠바에 군대를 주둔시키고자 호시탐탐 기회를 노리고 있는 미국의 그 더러운 의도를 모르고 있었다면 몰라도 그렇지 않다면 외세와 결탁한 죄까지 가중되어 결코 무사하지 못할 것이다."

1959년 1월 1일 열두시 정각, 바티스타 정부군의 제1진이 투항하게 되고 결국 그다음 날, 잔존세력까지 무기를 버리게 되니 마침내 쿠바혁명의 대미가 장식되었다. 정글에서 독충에 쏘이고 병마에 시달리는 등, 3년 가까운 전투가 낳은 달콤한 열매였다.

체와 피델 일행은 어떻게 단 열두 명의 대원으로 수만의 쿠바 정부군을 무찌를 수 있었을까? 정부군들이 쉽게 투항해온 것도 그 이유가 될 수 있겠지만 무엇보다 체 게바라가 적극적으로 민중을 끌어안았기 때문이었을 것이다.

하지만 아프리카 콩고의 산악은 섬나라 쿠바의 시에라 마에스트라 산맥과는 현저한 차이가 있었다. 체의 콩고혁명 계획은 아프리카의 지정학적 특수성을 고려하지 않은 무모한 기도였으며, 콩고 반군지도자들의 분열과 다양한 부족 간의 갈등, 언어 문화의 차이를 신중히 고려하지 않은 일종의 모험이었다. 이집트 나세르 대통령도 1965년 2월 카이로를 방문한 체에게 "흑인들을 지도하고 보호하는 백인이 된다는 건 가당치도 않은 타잔 놀이다"라고까지 했다.

체 게바라는 그 당시 상황을 다음과 같이 회고했다.

"우린 심한 타격을 입었다. 빌라 수니니에서 훈련을 받은 사람들은 국경을 오가다 체포되었다. 그게 어느 나라였는지조차 기억나질 않는다. 다만 붙잡힌 그들이 고문을 못 이겨 다 불어버릴까 두려울 뿐이다."

결국 체의 혁명군은 수천 명의 콩고인과 르완다인이 함께했음에도 불구하고 혁명을 완수하지 못한 채 1년여 만인 1966년 3월, 아프리카를 떠나야만 했다. "제국주의가 있는 곳이라면 지구 끝까지 민중의 혁명정신을 간직할 것"이라며 날아왔건만, "우린 이론을 만들지 말며, 오로지 행동으로 보여줘야 한다"는 그의 지론대로 실천한 것이었건만, 검은 대륙 아프리카는 결코 녹록지가 않았다.

하지만 체 게바라의 노력이 모두 허사가 돼버린 것은 아니다. 당시 체와 함께 싸웠던 반군지도자 로랑 카빌라Laurent Kabila가 모부투 세세 세코의 32년 독재정권을 무너뜨렸다. 체의 콩고 혁명 노력이 32년 뒤에 그 열매를 맺게 된 셈이다.

다음의 시는 체가 12번째로 필사한 것으로 지금까지 소개한 혁명적, 저항적인 시들과는 정서적으로 사뭇 다른 것이다. 룸바춤의 대가였던 흑인 춤꾼 발도메로Baldomero, 일명 파파 몬

로랑 카빌라(Laurent-Désiré Kabila, 1939~2001). 2001년 콩고 대통령 시절 자신의 경호원에게 암살당했다. 그의 아들 조셉 카빌라가 아버지의 뒤를 이어 대통령이 되었다.

조셉 카빌라(Joseph Kabila, 1971~). 현 콩고 대통령, 로랑 카빌라의 아들.

테로Papa Montero의 죽음을 애도한 시로서 체 게바라의 예술적 감성을 슬며시 엿볼 수 있는 대목이다.

당신의 기타에서 나오는 불로 새벽을 태웠지
죽은 흰 달 아래
당신의 탱탱하고 생기 있는 살점으로 된
종지, 그 안에 담긴 사탕수수즙.
당신의 노래는
비파나무처럼 둥글게, 물라토 색으로 터져 나왔지

말술꾼, 양철판의 숨통,
럼주를 실은 배가 홀로 떠다니는 축제의 기수
이제 마실 수가 없다면 밤은 어떡하려구
당신에게 필요한 피를 혈관이 공급하지 못하면 어떡하려구
음…… 누군가 당신을 난자해 검은 강에 빠뜨렸다면?

파파 몬테로! 이제 알겠네
그들이 당신을 부숴버렸다는 걸

앞마당에서 당신을 기다렸지
그러나 당신의 주검만을 들고 왔어

그냥 주정뱅이 짓이었건만
그딴 일로 당신을 죽여버렸지
사람들은 그가 당신의 친구라고 했지만
당신의 주검을 들고 왔어
칼은 보이지 않았지만 당신의 주검을 들고 왔어

발도메로 , 이제 끝났어
싸움꾼, 망나니, 룸바춤꾼!

단지 두 개의 촛불이 당신의 그림자를 태우고 있네
당신의 작은 주검엔
그 두 개의 촛불도 남음이 있지
아직도 빛을 발하지, 촛불보다 더 말이야
당신의 노래를 밝혀주던 그 붉은 셔츠,
당신의 잘 빗어진 머리와 당신 음악의 검은 소금이……

파파 몬테로! 이제 알겠네
그들이 산산조각 내버렸다는 걸

오늘, 달이 종일 내 집 뜰 안에 떠 있어
날카롭게 땅을 파고들지

그러곤 거기서 머물지

애들은 얼굴을 씻으려 달 조각을 빼내려 하지만

난 말이야, 이 밤, 베개 속에 넣어두려 하지……

니콜라스 기옌의 시 「파파 몬테로의 디너파티」 전문

붉은 셔츠에 머리가 잘 빗어진 파파 몬테로의 시체 앞에서 흥겨운 룸바 곡에 맞춰 춤을 추는 문상객들……. 위 시에서 우린 파파 몬테로의 생전 활약을 짐작해볼 수 있다. “당신의 작은 주검엔/그 두 개의 촛불도 남음이 있지/아직도 빛을 발하지, 촛불보다 더 말이야/당신의 노래를 밝혀주던 그 붉은 셔츠,/당신의 잘 빗어진 머리”.

주검도 그냥 주검이 아닌 피범벅이 된 시신인데, 죽음도 그냥 죽음이 아닌 잔혹한 살생인데, 파파 몬테로는 장송곡 대신 룸바를, 눈물 대신 웃음을 조문객들에게 주문했었다. 하지만 가련함과 애처로움을 담은 달은 “시인의 뜰에 온종일 떠 있게” 된다. 땅으로 파고드는 그 달빛을 시인은 또 “이 밤, 베개 속에 넣어두려” 하고.

어쩌면 체 게바라가 필사했던 기옌의 위 시야말로 바로 죽음과 다를 바 없는 상황 속에서도 결코 놓을 수 없었던 강력한 생의 의지, 사랑의 의지를 대변해주는 것인지도 모른다.

쿠바에서 춤의 귀신이라 불렸던 파파 몬테로는 수많은 잔치 호세 치우(José Chiu)의 그림 속 파파 몬테로(가운데 저고리를 입고 있는 이). 파파 몬테로의 곁에는 항상 예쁜 물라타들이 줄지어 있었다.

와 축제에 초대됐었다. 죽을 때도 미소를 띠며 죽었으며, 유언으로 '눈물 대신 신나는 음악을 연주해달라'고 했다. 이에 악단들은 그의 장례식에서 그가 즐겨 추던 룸바 등 열정적인 춤곡들을 신나게 연주해주었다. 이 시를 필사한 체 게바라 역시 쿠바 흑인들 못지않게 희대의 춤꾼 파파 몬테로를 사랑했던 것이다.

세사르 바예호는 녹색노트와 관련된 네 명의 시인 중 체가 유일하게 대면하지 못했던 시인이다. 바예호가 사망할 무렵 체의 나이 겨우 아홉 살이었기 때문이다. 네루다가 체에게 낭만과 투지를 심어주었다면, 바예호는 마치 그의 시구절처럼 "거꾸로 넘어지는 영혼을 바로 세워주고 사라지는 믿음을 불러일으켜주는" 숙명적인 전사로서의 믿음을 부여했다. 기질적으로는 서로 다르지만 그 두 시인의 시들은 체가 평생 추구하던 민중혁명의 뿌리가 되어주었다.

네루다의 표현에 따르면 바예호의 시는 난해하고 야생동물의 가죽처럼 투박하지만 초인간적인 차원을 그려낼 정도로 그 스케일이 크다.

난 태어났어, 신이 아파하던 날

모두 내가 살아 있고
나쁜 놈이란 걸 알지만
그 1월의 12월에 관해선 모르지
아무튼, 난 신이 아파하던 날 태어났어

아무도 더듬어선 안 되는

내 형이상학적 하늘엔 텅 빈 공간이 있지
불의 꽃에 말을 걸던 정적의 수도원.

난 태어났지, 신이 아파하던 날

형제여, 들어봐, 들어봐!
좋아, 1월들을 내버려두지 않도록
12월들을 데려가지 않도록,
난 아무튼 신이 아파하던 날 태어났어

모두 다 내가 살아 있음을,
내가 곱씹고 있음을 알고 있지
하지만 모르지, 왜 내 시에선
어두운 관이 삐그덕, 무미건조한 소리를 내는지
사막의 질문쟁이 스핑크스를 휘감는
나선형 바람 소리, 저 멀리 들려오는지

모두 다 안다오,
하지만 모른다오, 빛이 폐병 환자란 걸,
그림자가 뚱보란 걸,
하지만 모른다오, 시* 가 통합시켜준다는 걸……

* 원시에는 '신비(Misterio)'라고 쓰여 있다
내포된 의미가 '시(詩)'이기에 이해를 돕는
차원에서 시라고 의역한다.

시는 슬프고 음악적인 곱사등이란 걸,

저 멀리

경계에서 경계까지의 정오의 발자국을

시가 알려준다는 걸.

난 신이 아파하던 날 태어났어

아주, 아파하던 날……

세사르 바예호의 시 「불완전한 탄생」 전문

과거와 현재는 별개의 시간대로 떨어져 있는 것이 아니다. 사람들은 진행되고 있는 현상으로서의 현재적 시간대인 '1월'을 이야기하지만, '1월'이 기원하는 '12월'은 까마득하게 잊고 있다. '12월'은 신이 아파한 달로 역사적 상흔이 기록되어 있는 시간대이다. 이 두 개의 시간대에 생긴 간극을 바라보는 게 시인의 몫이고, 곱사등이와 같은 불완전한 몸으로나마 그 통합을 꿈꾸는 게 또한 시다.

위 시에서 말하는 12월에 대한 고통스런 기억은 언뜻 스페인인과 원주민 간의 혼혈 가문에서 11번째 아이로 태어나 어린 시절부터 굶주림과 가난, 원주민에게 가해지는 불의를 직접 목격하고 자란 바예호의 삶을 연상시킨다. 그의 삶 역시 탄생부터 "어두운 관이 삐그덕, 무미건조한 소리를 내는" 죽음을 예감하는 불완전한 탄생이었다. 그리하여 빛은 폐병쟁이일 수밖에 없다.

"짙은 눈동자와 훤칠한 이마를 가진 바예호는 원주민에 가까운 얼굴이었다. 잉카인의 얼굴에 감출 수 없는 위엄이 서려 있어 조금 서글프게도 보였다."

이렇듯 바예호의 첫인상에 대한 네루다의 묘사 역시 밝지만은 않다. 애써 '서글프다'고 하였지만 네루다가 바라본 바예호의 첫인상 안에는 역시 12월과 1월의 피를 동시에 지닌 시인이 감당하고 있는 절벽 같은 아스라한 균열을 전제에 두고 있는 것이다. 바예호는 겉으로 보기에도 매우 음울한 사람이었다. 메스티소 특유의 까무잡잡한 피부에 복싱선수의 코를 가졌던 그는 마치 오랜 기간 어둠 속에서만 지낸 사람 같았다. 이 어둠은 그의 운명이 되어 마침내 그를 고국 칠레가 아닌 망명지 파리에서 괴병으로 숨지게 한다.

지금 이 시간에
내 안데스의 사랑하는 동심초와
앵두 같은 리타는 뭘 하고 있을까
비잔티움은 날 질식시키고
내 몸속엔 풀어진 코냑 같은 피가
잠을 청하는데

하얀 오후에 속죄의 자세로 옷을 다리던
그녀의 손들은 어디에 있을까
지금 비가,
내 삶의 의욕을 앗아가는 비가, 가없이 내리는데……

그녀의 플란넬 치마랑 무슨 상관일까
그녀의 열망, 그녀의 걸음새,
달콤한 사탕수수에 바친 노동.

문에 기대어 황혼 한 줄기를 바라보고 있겠지
마침내 떨며 '이런, 오늘은 정말 춥구나……'
한 마리 야생의 새도 울겠지, 기왓장 위에서

세사르 바예호의 시 「죽은 전원시(田園詩)」 전문

바예호는 비가 내리던 날 죽었다. 그는 그의 죽음을 암시하는 시들을 많이 썼다. 위의 시 「죽은 전원시(田園詩)」도 그렇다. 여기서 비잔티움은 유럽의 화려함, 코냑은 프랑스를 상징한다. 바예호는 위 시의 내용처럼 파리에서 고향 안데스를 그리다가 죽었다. 그와 파리 생활을 함께했던 네루다는 그의 죽음에 관해 다음과 같이 증언했다.

"파리의 오염된 공기와 수많은 시체를 건져 올리던 더러운 강 때문이었으며, 거기에 굶주림과 답답함도 한몫했다. 고향 페루의 흙을 밟고 깨끗한 공기를 마셨더라면 더 많은 작품을 남길 수 있었을 텐데……."

바예호는 체의 첫 번째 부인 일다가 좋아했던 시인이다. 결혼 전 그녀는 체에게 바예호의 시집을 선물한다. 멕시코시티행 기차를 타려는 체 게바라를 배웅하러 플랫폼까지 나온 그녀는 비야 카날레스 역까지 따라간다. 체는 그런 그녀에게 위의 시를 낭송해준다.

바예호의 시들은 연애 시절의 체와 일다에게 있어 그들만의 언어, 그들만의 암호 역할을 했다. 바예호가 사랑하던 동심초와 앵두 같은 리타가 있던 곳, 기왓장 위에서 온갖 야생의 새들이 울던 페루의 안데스는 바예호의 고향임과 동시에 일다의 고향이기도 했다. 체는 '리타'가 '일다'와 그 음이 비슷한 데 착안하여 '리타' 대신 '일다'라고 낭송해주었는데, 그러면 일다는 떠나온 고국에 대한 향수와 사랑에 젖어 무척 행복해했다고 한다. 하지만 그들의 사랑은 결코 안데스의 전원 같지는 않았다.

체는 과테말라에서 페루의 망명객 일다 가데아를 만나게 된다. 그때가 1954년이다. 당시의 과테말라는 아메리카 전역에서 모여든 망명객들과 정치가들의 집합소였다. 소모사 독재정권 아래 암살당한 아우구스토 산디노를 지지했다는 이유로 추방당한 콜롬비아와 니카라과, 페루 사람들 등이 모두 과테말라에 모여 있었다. 일다는 젊지만 커리어우먼 특유의 신중함을 갖춘 여자였다. 그녀는 청년 체의 첫인상을 다음과 같이 회고했다.

"그이는 연약해 보이는 외모와는 달리 목소리가 굵었고 행동도 남자다웠습니다. 언제나 차분하다는 인상을 받았지만, 동작은 민첩했어요. 지적이고 주의 깊은 눈매, 거기에다 빈틈이 없었습니다."

1955년, 멕시코로 온 체는 피델 카스트로와 쿠바혁명을 약속했지만 그 결단의 순간만은 가급적 지연시키고자 했다. 이유는 그에게는 아직도 밀항선을 타고 멕시코를 빠져나가 프랑스에서 의학을 공부하고자 하는 꿈이 남아 있었기 때문이었다. 하지만 그의 꿈은 일다가 임신을 하면서 깨져버린다. 그들은 1955년 8월 18일에 결혼식을 올렸다. 그리고 마침내 1956년, 체는 유럽 여행을 포기하고 카스트로에게 쿠바혁명 합류 의사를 밝혔다. 같은 해 2월 15일, 그의 딸 일다 게바라 가데아가 태어났으며, 그는 다른 혁명가들과 함께 군사훈련을 받기 위해 멕시코의 촐레오 목장으로 들어가버렸다. 그 후 두 사람에게 체 게바라는 그들이 독점할 수 있는 남편과 아버지가 못 되었다. 정신없이 분망했던 혁명과업 때문만은 아니었다. 체는 말했다.

"나는 술을 마시지 않지만 담배는 피운다. 만일 내가 여자들을 좋아하지 않는다면 난 더 이상 남자가 아닐 것이다. 마찬가지로 나에게 주어진 혁명의 의무를 다하지 않는다면 난 더 이상 혁명가가 아닌 것이다."

두 모녀는 다른 여인들이 취하고 있는 행복한 표정과 미소를 수없이 지켜봐야만 했다. "많은 여자들이 체 게바라 때문에 몸이 달았다." 체 게바라의 부하였던 호엘 이글레시아스* 의 증언이다.

얼마 안 가 그는 일다와의 결혼을 후회하게 된다. 학창 시절 여자 친구 티타 인판테에게 보낸 편지에서 당시 그의 심정을 헤아려볼 수가 있다.

"딸의 출생으로 원만하지 못한 결혼생활이 또 다른 국면으로 접어들 것을 기대해봤지만, 여전히 그녀와의 결혼생활은 어렵다. 딸에 대한 애정보다도 딸의 엄마와 계속 사는 어려움이 훨씬 더 크다. ……난 언젠간 집시생활을 청산하고 아르헨티나로 돌아갈 것이다. 그곳에서 방랑기사의 망토를 벗어버리고 마침내 전사의 무기를 들고 내게 주어진 의무를 다할 것이다."

* 호엘 이글레시아스(Joel Iglesias Leyva. 1941~)는 쿠바혁명 당시 15세 나이로 중위 계급장을 달았으며, 17세에 최연소 사령관에 올랐다. 쿠바혁명 인물들 중 가장 젊은 장교로 후에 청년혁명단 초대 단장까지 지냈다.

체가 천식 발작으로 힘들어할 때, 공중병원에서 의사로 일자리를 구하기 위해 뛰어다닐 때, 유일하게 도움을 준 이가 바로 일다였다. 그녀는 체 게바라의 첫 번째 아내이자 그의 혁명 이전의 삶을 가장 잘 아는 사람으로서 '체 게바라 신화'를 구축하는 데도 결정적인 역할을 했다. 하지만 두 사람의 결혼은 실패로 끝났다.

"내가 일을 하는 동안 가족과 만날 시간은 없다. 그러나 매일 따로 딸 일디타를 만나기 위해 짬을 낸다. 하지만 그나마 10분 정도다. ……마침내 아내와 딸 일디타가 왔다. 그들은 이혼이 최선이라고 말했다……."

암시 혹은 예언이었을까. 그들의 결혼생활은 마치 연애 시절 둘만의 암호였던 바예호의 시 제목, 「죽은 전원시」처럼 파국을 맞고 말았다.

녹색노트에 필사된 69편의 시 중 네루다의 시는 17편이다. 네루다의 시를 시대적으로 구분해보면 『스무 편의 사랑의 시와 한 편의 절망의 노래』 에서의 낭만 서정의 시기, 『지상의 거처 1, 2, 3』 에서의 넘쳐나는 이미지의 시기, 『모두를 위한 노래』 에서의 마르크스주의에 입각한 민중운동의 시기, 마지막으로 그의 삶을 정리하는 『이슬라 네그라의 추억담』 의 시기로 대별해볼 수가 있다.

1기에 속하는 『황혼의 노래』와 『스무 편의 사랑의 시와 한 편의 절망의 노래』에 수록된 시들은 체 게바라의 청년 시절, 특히 그가 오토바이로 남미 여행을 떠나던 시절에 즐겨 암송했던 것들이다. 친구 알프레도는 체의 입에서 시가 나오면 무조건 네루다의 시냐고 할 정도였다. 그들이 유타 강을 지나 페루에 도착했을 때, 체는 쿠바 독립의 아버지 호세 마르티의 시를 읊고 있었건만, 알프레도는 또다시 "네루다의 시야"라고 묻는다. 그러면 체는 그의 친구가 겸연쩍어할까 봐 작은 목소리로 "그래 맞아, 네루다의 시야"라고 답한다.

다음에 소개할 시는 체 게바라가 여덟 살 때부터 암송했다는 네루다의 『스무 편의 사랑의 시와 한 편의 절망의 노래』 중 「스무 번째 사랑의 시」이다.

오늘 밤 난 쓸 수 있습니다
세상에서 가장 슬픈 시를.

예컨대 이렇게 씁니다
"밤은 별들 총총하고
또 별들은 멀리서 파르르 떨고 있다"

밤바람은 공중에서 빙글 돌며 노래합니다

오늘 밤 난 쓸 수 있습니다
세상에서 가장 슬픈 시를.
난 그녀를 사랑했고
그녀는 가끔 날 사랑했습니다

이런 밤이면
난 그녀를 품에 안았습니다
가없는 하늘 아래
한없이 입맞춤을 했습니다

그 누구
그녀의 크면서도 흔들리지 않는 눈망울을
감히 사랑하지 않을 수 있었겠습니까

오늘 밤 난 쓸 수 있습니다
세상에서 가장 슬픈 시를.
더 이상 나에게 없는 그녀를 생각하며
그녀의 상실에 파르르 떨며……

광막한 밤을,
그녀 없어 더욱 광막한 밤을 들으면

시는 목장의 이슬처럼
내 영혼 위로 떨어집니다

내 사랑이 그녀를 지키지 못하면
또 어떻습니까
밤은 별들로 총총하고 그녀는 내 곁에 없는데

전부입니다, 그게……
멀리 누군가 노래를 부릅니다
그녀를 잃어버린 내 영혼은
사뭇 못마땅해합니다

내 눈길은 그녀를 가까이 두기 위해
그녀를 찾습니다
내 심장 역시
그녀를 찾건만 더 이상 그녀는 없습니다

똑같은 밤이, 똑같은 나무들을
하얗게 만들고 있습니다
우린 더 이상
그때의 우리가 못 됩니다

이제 그녀를 사랑하진 않지만,
무척 사랑했습니다
내 목소리는 그녀의 귓전을 두드리기 위해
바람을 찾곤 했습니다

이제 다른 사람,
그녀는 다른 사람의 사랑이 되겠지요
내 키스 전의 그녀처럼.
그녀의 목소리, 순백의 육체, 그윽한 눈동자들

이제 더 이상 그녀를 사랑하지 않지만
어쩜 사랑하는지도 모릅니다
사랑이 그렇게 짧다면
망각은 또 그렇게 기니까요

오늘 같은 밤이면
난 그녀를 내 품 안 가득 안았기에
내 영혼은 그녀를 잃은 걸
사뭇 못마땅해합니다

비록 이것이

그녀가 나에게 주는 마지막 고통일지라도

비록 이것이

그녀를 위해 쓰는 마지막 시라 할지라도

파블로 네루다의 시「스무 번째 사랑의 시 」전문

네루다의 이성에 대한 사랑은 정신적으로 정제된 낭만에서 비롯된 것이 아니라, 보다 육감적이고 충동적이며 감성적 낭만에서 나온 것이다. 그는 여인의 육체를 욕망의 분출구로 이용했노라 고백했다. 그리고 자신의 생존을 위해 여인을 떠나왔노라 덧붙였다.

네루다의 사랑의 시들은 고통의 시들이지만 어찌 보면 그 아픔은 기도된, 예정된 아픔이었다. 그의 곁에는 많은 여인들이 있었다. 그는 고통스러워하면서도 연애하기를 좋아했다. 공식적인 결혼만 세 번에, 알려진 애인 다섯 명, 애인인지 친구인지 경계가 모호한 여인은 부지기수였다. 그 여인들의 향기는 특히 1950년『모두를 위한 노래』전까지의 작품에 진하게 배어 있다.

그대는 은빛 향기, 나는 그대의 눈을 빌려 봄을 그려야 하네

내 그대의 이름을 알지 못하나

여인 없이는 책이 생길 수 없었을 것

책들은 키스로 써지는 것이니……

내가 세상을 보기 전, 그때

아직 눈 뜨지 않았을 때

난, 이미 네 개의 눈을 가졌었네

내 것과 내 애인의 눈을

내가 변했는지 묻지 말아다오

모든 사랑의 입술이 옷을 만들었다네

내가 발가벗었을 때……

파블로 네루다의 시 「자작나무 껍질처럼 」 부분

네루다는 외교관 시절 자바에서 네덜란드 출신의 여인 마리아 하게나르 와 첫 번째 결혼을 한다. 그러나 네덜란드 출신인 아내는 스페인어를 한 마디도 못했다. 언어에 민감한 시인이 말도 안 통하는 여인을, 그것도 영원한 동반자로 맞이하는 일은 네루다류 청년만이 할 수 있는 일이었다. 하지만 그의 고독은 깊어만 갔다. 여인으로 인한 고독은 또 다른 여인으로밖에 풀 수 없는 것인지, 곧이어 그는 버마 출신 처녀 조시 블리스 와 열애에 빠진다. 그러나 그것도 잠시 스페인에서 또 다른 여인, 델리아 데 카릴 을 만나 결혼을 한다. 이혼 후 세 번째 부인 마틸데 와 결혼한 뒤에도 염문은 가라앉을 줄 몰랐다.

체 게바라 역시 "남자가 한평생 한 여자하고만 살아야 한다고 그 어느 누구도 정해놓지 않았다"고 했다. 하지만 그는 보기 드문 페미니스트였다. 쿠바 산업부 장관 시절 간부와 비서 간의 성적 결합을 엄격히 금지했던바, 비록 진정한 사랑이라 할지라도 혹시나 모를 권력 남용으로 인해 여성들이 희생당할 것을 우려했기 때문이다. 그는 또 다음과 같이 덧붙였다.

"여성은 매우 중요한 역할을 담당한다. 그들은 남성들과 싸울 수 있는 충분한 능력을 지니고 있으며 게릴라 생활에서도 동등한 몫을 해낸다. 비록 육체적으로 허약하지만 끈기는 오히려 남성을 압도한다. 심한 억압하에서도 남성보다 덜 충동적이며 더욱 유연하게 임무를 수행한다. 게다가 그들의 요리 솜씨는 우리들을 살맛 나게 만들고 삶을 재충전시키는 역할을 한다. 재봉틀 한 대만으로도 그들은 놀라운 창조력을 발휘한다. 또 있다. 우리가 다치거나 병들었을 때 그들이 주는 따뜻한 '위안', 그보다 더 큰 갈망을 불러일으키는 낱말이 또 어디에 있을까."

시에라 마에스트라 전선 시절, 적지 않은 여성들이 체 게바라의 캠프를 드나들었다. 수많은 여성들이 체에게 추파를 보냈지만 웬만해서 그는 흔들리지 않았다. 하지만 예외가 있었다.

어느 날 아침, 체는 노새를 타고 M-26운동* 의 동조자였던 대장장이의 집을 찾아 나선다. 대장장이가 보이지 않자 체는 그의 딸에게서 도움을 받게 되는데, 그녀는 아이를 하나 둔 젊은 여인 쏠리아 로드리게스 였다. 훗날 그녀는 그 때의 만남을 다음과 같이 회상했다.

"그는 조금 장난기 어린 눈빛으로 나를 쳐다봤습니다. 난 그를 무척 좋아했습니다. 특히 그의 눈빛이 마음에 들었어요. 차분한 미소는 어떤 사람의 마음도 움직일 수 있을 것 같았습니다. 난 진정 그를 사랑했습니다."

그 후 그녀는 안내원 역할을 하며 여기저기 흩어진 반란군의 캠프를 돌아다녔지만, 결국 체의 애인이 되어 그의 거처에서 함께 생활했다. 체의 부하였던 호엘 이글레시아스는 그녀에 관해 다음과 같이 증언한다.

"많은 여자들이 체의 주변에서 맴돌았습니다. 하지만 그는 그런 면에선 엄격했지요. 근데 예외가 있었어요. 쏠리아였습니다. 체 게바라 역시 그녀를 진정 애인으로 생각했습니다."

네루다는 첫 시집 『황혼의 노래』를 발간한 뒤 영감에 의지해 보다 웅대하고 장엄한 시를 쓸 생각을 한다. 하지만 우루과이

* M-26 혹은 M-26-J는 '7월(Julio) 26일 운동(Movimiento)'의 이니셜을 따온 것으로 1953년 쿠바의 독재자 바티스타에 항거해 피델 카스트로가 조직했던 정치군사적 저항단체 이름이다. 일찍이 쿠바 독립의 아버지 호세 마르티가 외쳤던 반제국주의, 민주주의, 민족자결주의를 그 기치로 내걸었다.

시인 카를로스 사밧 에르카스티Carlos Sabat Ercasty의 편지를 받고 난 후 그 생각을 바꾸게 된다. 편지 내용은 네루다의 시가 완성도가 높긴 하나 자기의 영향을 받은 것 같다는 것이었다. 이에 네루다는 자기만의 색깔로 시를 쓰기로 마음을 고쳐먹는다. 그 결과 『스무 편의 사랑의 시와 한 편의 절망의 노래』* 가 나온 것이다. 그것들은 첫 시집 『황혼의 노래』에 실린 시들보다 더 소박한, 마치 연애편지를 쓰듯 쓴 시들이다.

네루다는 훗날 이 시집에 관해 다음과 같이 말했다.

"영감을 믿지 않고 체험과 이성에 의지해 한 걸음, 한 걸음 나아가기로 했습니다. 그 결과물이 바로 『스무 편의 사랑의 시와 한 편의 절망의 노래』입니다. 이 시집은 고통스러운 시집입니다. 고뇌에 찬 내 청년 시절의 열정이 칠레 남부 지방의 거친 자연 속에 몰입되어 있습니다. 우수로 가득 차 있음에도 불구하고 실존적 희열이 넘쳐나기에 내가 아끼는 시집이기도 합니다. 이 시집이 나오기까지 많은 도움을 준 강이 있습니다. 임페리알Imperial 강입니다. 이 시집은 산티아고의 로맨스입니다. 학생들이 다니는 대학로, 인동덩굴의 향기가 뿜어져 나오는……."

* 『스무 편의 사랑의 시와 한 편의 절망의 노래』엔 네루다의 영원한 화두 '사랑'이 담겨 있다. 그 사랑은 때론 도발적이고 관능적이지만 고독, 죽음 등 비관적 시어와 함께 애조를 띠기도 한다. 네루다 자신도 훗날 "내가 이해할 수 없는 어떤 기적에 의해 고통스럽게 쓰여진 이 책이 수많은 청춘들을 행복에 이르는 길로 인도했구나" 하며 놀라워했다.

시집에 등장하는 여인은 둘이다. 네루다는 그녀들의 이름은 밝히지 않은 채 너, 그녀 등 인칭대명사로만 지칭했다. 하지만 시집이 나오고 40년이 흐른 뒤, 즉 네루다 나이 60이 돼갈 무렵 그는 그녀들을 '마리솔'과 '마리솜브라'라고 명명했다. 하지만 이 두 이름 모두 가명이다. 마리솔 은 바다 와 태양 을 합성한 조어로 네루다가 성장기를 보냈던 전원도시 테무코의 무수한 별과 젖은 하늘처럼 검은 눈을 가진 매력적인 시골 처녀를 지칭하며, 마리솜브라는 바다 와 그림자 의 합성어로 대도시 산티아고의 세련된 여학생을 가리킨다. 1973년 네루다의 죽음으로 이 여인들의 정체가 영원히 밝혀지지 않을 거라 생각하던 중, 네루다가 학창 시절에 썼던 편지들이 1974년 스페인에서 책으로 출판이 된다.

그 편지들을 받았던 이는 당시 칠레 산티아고의 한 사범학교 학생이었던 알베르티나 로사 아쏘까르 소토 . 그녀가 바로 네루다 시의 주인공 마리솜브라였던 것이다. 네루다가 그녀에게 보낸 1923년 9월 어느 날의 편지를 통해서도 그 사실을 알 수 있다.

"사랑스런 이여, 어제 당신은 잡지 한 부를 받아보았을 겁니다. 그리고 잡지에는 곁에 없는 사람을 그리워하는 시가 한 편 있었을 겁니다. 그대가 바로 그녀입니다. 사랑스런 이여, 내가 당신을 기억하고 있다는 것을 당신은 아시는지요? 그대는 열흘 동안 겨우 편지 한 통만 보냈을 뿐입니다만 밤이면 난 풀밭에 몸을 누이고 내 사랑하는 그대의 회색 모자, 그대의 눈망울…… 바로 그대 꿈을 꾼답니다."

체 게바라에게도 마리솜브라나 마리솔 같은 연인들이 있었다. 어린 시절 체는 네루다의 시를 읽고 시는 부동의 활자로만 존재하는 것이 아니라 살아 있는 생명체라는 것을 깨달았다. 그리고 네루다의 사랑의 시들을 누군가에게 현실화시키고자 했다. 그 첫 번째 상대는 바로 곁에 있던 두 살 연하의 사촌 누이동생 카르멘 코르도바Carmen Cordova de la Serna. 피부가 까무잡잡하여 깜둥이 아가씨La Negrita란 별명이 붙었던 그녀에게 그는 잘 보이기 위해 네루다의 『스무 편의 사랑의 시와 한 편의 절망의 노래』에 수록된 시들을 들려주곤 했다. 그의 집에 있던 넓고 큼직한 식민지풍 옷장에서였다. 안으로 깊게 열린 옷장은 막 사춘기를 맞은 그들만의 비밀을 나누기 위한 최고의 공간이었다.

1950년 10월경, 체는 '치치나'라는 별명을 가진 코르도바 귀족 가문 출신의 마리아 델 카르멘 페레이라María del Carmen Ferreyra를 만난다. 그녀 가족의 저택은 테니스 코트와 폴로 경기에 쓸 조랑말들을 관리하는 마구간, 일꾼들을 위한 방갈로 등이 갖추어져 있는 호화저택이었다.

1967년 치치나는 한 인터뷰에서 다음과 같이 회고했다.

"저는 그의 아름다운 체격과 소탈한 성품에 반했습니다. 그는 줄곧 속이 훤히 들여다보이는 나일론 셔츠만을 빛이 바랠 때까지 입었으며, 항상 가게에서 중고구두를 사 신어서 구두들의 짝이 맞질 않았습니다. 우린 그런 그를 보고 웃음을 터뜨리곤 했습니다만, 우리처럼 가벼운 마음의 소유자들에게 그의 행동은 분명 뭔가 시사하는 바가 있었습니다."

그 후 체는 가끔 그녀 집을 찾았다. 그리고 편지를 보내 그녀에게 사랑을 고백하곤 했다. 하지만 그의 방랑벽으로 인해 그들의 사랑은 결코 지속될 수가 없었다. 마지막 키스는 칠레의 휴양지 미라마르 에서 했다. 그때 그녀의 강아지 '컴백'도 끼어 있었다.

체는 훗날, 그녀를 떠나온 이유를 이렇게 밝혔다.

"그녀의 녹색 눈동자의 역설적인 반짝임은 그 속에서의 잠듦이 아주 위험할 것임을 예고했다."

그녀에게 안주하게 된다면 그가 생각하고 있던 큰일을 못 할 것이라고 생각했던 것이다. 그만큼 치치나는 그에게 매력적인 여성이었다.

"날마다 피를 토할 듯 기침을 하자 내 몸을 걱정하던 한 매춘부의 위로의 키스가 여행 떠나오기 이전의 내 기억을 되살렸다. 모기떼가 극성이던 그날 밤 이제는 아득한 꿈속의 여인이 돼버린 치치나를 생각했다. 꿈이라 하기에는 너무나 행복했기에 씁쓸함보다는 달콤함으로 남아 있는 그녀가 그리웠다. 이어 내 마음은 새로운 애인에게 또 다른 달콤한 이야기들을 속삭이고 있을 그녀의 집으로 날아가, 깊은 밤의 어둠 속을 정처 없이 떠돌고 있었다."

또 다른 여인 티타 인판테는 체와 가장 오랜 기간 편지를 주고받던 사이였다.

1952년 의과대학 시절 체는 여자 친구 티타 인판테에게 세 개의 강의 과목을 자기 대신 수강신청해달라고 부탁한다. 티타는 그의 부탁을 흔쾌히 들어주었고 그 후 그들은 친한 친구 사이가 될 수 있었다. 하지만 그들은 죽을 때까지 친구 관계로만 지냈다. 수많은 편지에서 서로의 호칭은 'Tú(너)'가 아닌 'Usted(당신)'이었다. 티타의 가족들에 의하면 그녀는 체를 진정으로 사랑했다고 한다. 하지만 체는 그녀를 끝까지 친구로만 여겼다. 쿠바 산업부 장관 시절, 체는 그녀에게 정신과 의사로 쿠바에서 활동할 것을 제의한 적은 있어도 청혼이나 사랑 고백을 한 적은 없다. 1967년 체가 세상을 떠난 뒤 티타는 극심한 우울증에 시달려야만 했다. 그 후 10년이 지난 1976년 말, 아르헨티나가 군사 쿠데타로 말미암아 최악의 비극을 맞이할 무렵 자살로 생을 마감하게 된다.

다음에 소개할 시는 체가 두 번째로 필사한 시로 네루다의 첫 시집 『황혼의 노래』에 수록되어 있는 것이다. 『황혼의 노래』에선 단지 이 작품 「이별　　」만이 필사되었다.

1

네 중앙에서부터 나처럼 슬픈 아이
무릎을 꿇고 우릴 바라보네
그의 혈관 속 뜨거운 삶에 의해
우리의 삶이 붙들어 매질 것이며

네 손들의 딸인 그 손들에 의해
내 손들이 살해될 것이며

지상에서 열린 그 눈들을 통해
난 어느 날 네 눈 속 눈물들을
보게 될 것이네

2

아마다　　, 난 그걸 원치 않아

네 입이 향기를 준 낱말도

그 낱말들이 미처 설명치 못한 것도

우리가 갖지 못한 사랑의 축제도
창가에서 훌쩍이던 네 흐느낌도

우릴 합치게 하는 그 어느 것도
우릴 결박시키지 못하게 하기 위해……

3

난 키스하고 떠나버리는
뱃사람들의 사랑을 사랑하지

돌아오마 하곤
영원히 돌아오지 않는

어느 항구에나 기다리는 여인은 있지
뱃사람들은 키스를 하고 떠나버리지

그러곤 어느 밤,
죽음을 껴안고 바다 침대 위에서
잠들어버리지

4

키스와 침대, 빵으로 된 사랑을
난 사랑하지

영원일 수도
순간일 수도 있는 사랑

다시 사랑하기 위해
자유로워지는 사랑

5

더 이상 내 눈은
네 눈에 매혹적이지 않을 것이야
더 이상 내 고통은
네 곁에서 달콤하지 않을 것이야

하지만 난
어딜 가든 네 시선과 함께할 것이네
너 또한
어딜 가든 내 고통과 함께할 것이네

난 네 것이었고 넌 내 것이었어
그 외 무엇이 있었겠나
우리 함께
굽이굽이 사랑의 모퉁이를 만들지 않았었나

난 네 것이었고 넌 내 것이었어
내가 심은 과수 에서 잘라낸 널
내가 사랑하는 거야

떠난다, 슬프다, 아니 항상 슬퍼
네 팔목에서 나온 난,
또 어디로 가야 할지 모르겠어

네 가슴으로부터
한 남자 아이 안녕이라 말하네
나 또한 그에게 안녕이라 말하고……

파블로 네루다의 시 「이별 」 전문

시 「이별」은 「스무 번째 사랑의 시」와 함께 청년 체 게바라의 가슴에 무한한 낭만을 심어주었다. "영원일 수도/순간일 수도 있는 사랑/다시 사랑하기 위해/자유로워지는 사랑" 같은.

체는 1965년 콩고로 떠나기 전 네루다의 시 「이별」을 적어 놓고 떠난다. 그 후 로베르토 페르난데스 는 산업부 장관 직무실에서 체가 남긴 쪽지 를 발견했다.

"우릴 합치게 하던 것마저도 우릴 결박시키지 못하게 하기 위해서다. 난 키스하고 떠나버리는 뱃사람들의 사랑을 사랑하지, 돌아오마 하곤 영원히 돌아오지 않는……."

고물 오토바이, 포데로사로 무작정 남미 여행을 떠날 때도 그랬고, 그의 여인들과 이별할 때도 그랬다. 첫 번째 부인 일다와의 사랑이 '어느 항구에서 기다리는 여인'이 있었기에 '키스하고 떠나버리는 사랑'이었다면, 그 항구에서 기다리고 있었던 두 번째 부인 알레이다와의 사랑은 '영원할 수도 순간일 수도 있는 사랑, 더 큰 사랑을 위해 떠나가는 사랑'이었다. 물론 그에게 있어 '더 큰 사랑'은 혁명이었다.

알레이다는 1957년 라스비야스 에서 아바나 로 건너왔다. 그녀는 오랜 기간 정체를 숨긴 채 활동했기 때문에, 쿠바혁명 전쟁사에서 그녀의 이름을 찾기란 쉬운 일이 아니다. 그녀 역시 오랜 세월 체와의 관계를 자신만의 비밀로 간직해왔다. 그런데 1996년 돌연 오랜 침묵을 깨고 미국의 전기작가 존

* 콩고로 떠나올 때 피델에게 남긴 체의 편지 속 [illegible] 구절은 바로 네루다의 시 「이별」에서 착안된 것이었다.

리 앤더슨John Lee Anderson에게 자신의 과거를 털어놓았다. 폭탄을 숨길 수도 있을 정도의 폭이 넓은 검정 치마를 즐겨 입었었던 알레이다는 라스비야스 지방의 가난한 지식인 집안에서 태어났으며 산타클라라에서 학교를 졸업한 뒤 교사생활을 했다. 산타클라라의 지하조직에 가담했던 그녀는 그 신분이 탄로가 나, 은신을 위해 체 게바라가 있는 8중대로 들어오게 되었다. 원래 여성들은 캠프에서 밤을 지내지 못하게 했던 체 게바라였지만, 상황이 워낙 심각하다 보니 생각을 바꾸어야만 했다.

그러던 어느 날 밤, 알레이다는 바람을 쐬러 나갔다가 지프를 타고 가던 체와 마주친다.

"어딜 가는 길이오?"

체는 시가를 입에 문 채 마치 그녀가 원한다면 태워주겠다는 눈빛을 보냈다.

"그냥, 나와봤어요. 밤공기가 신선해서요."

"난 지금 카바이구안Cabaiguán*을 공격하러 가는 길이오."

그 말에 그녀는 웃으며 손으로 치마 끝을 살짝 걷어 올리곤 지프 위로 올라탔다. 그날 이후부터 알레이다는 체의 곁을 떠나지 않았다.

* 카바이구안(Cabaiguán)은 쿠바 중앙에 위치한 상티 스피리투스(Sancti Spíritus) 지방의 조그마한 도시 이름인데, '카바이구안을 공격하러 간다'는 말은 게릴라들이 누군가를 차에 태우고 싶어했을 때, 즐겨 쓰던 표현이었다.

그러나 그들이 첫눈에 반한 사이는 아니었다. 그저 서로 가까이 지내다 보니 애정이 싹튼 경우였다. 게다가 알레이다는 온순한 성격도 아니었으며 체와 그 지향하는 이념 또한 일치하지 않았다. 하지만 체는 알레이다를 사랑했다. 콩고 전선 시절, 그의 어머니에게 보낸 편지에서 체는 다음과 같이 고백했다.

"전 지금 가야 할 길을 찾으려 애쓰던 시절처럼 고독합니다. 제 곁에는 아내도, 자식도, 형제도 없습니다. 왜 이런 편지를 쓰고 있는지 모르겠습니다만, 아마 알레이다에 대한 그리움 때문일 것이니 너무 심각하게 받아들이진 마십시오."

하지만 일 년 뒤, 볼리비아 전선으로 떠나오기 전 체는 티타 인판테에게 결혼생활의 파경을 토로하는 내용의 편지를 띄웠다.

"아내는 충실한 동지이자, 어떤 경우에도 혁명가의 모습을 잃지 않았지만, 이제 우리 결혼생활은 파경에 이른 것 같다. 아내와 나 사이에는 정신적 공백이 너무 크다. 난, 그녀에게 재혼해서 좋은 남자를 만나라는 말까지 했다."

체가 위의 시 「이별」을 필사한 데는 이처럼 말 못 할 사연들이 있었다. "떠난다, 슬프다, 아니 항상 슬퍼, 네 팔목에서 나온 난, 또 어디로 가야 할지 모르겠어." 하지만 그가 맞은 이별은 또 다른 만남을 위한 이별이었다. 그리고 그 만남의 궁극에는 항상 혁명이 자리잡고 있었다.

다음에 살펴볼 시는 체 게바라가 34번째로 필사한 네루다의 「마추픽추 산정 VIII」이다. 모터사이클로 남미를 여행하며 혁명을 꿈꾸게 했던 시집 『모두를 위한 노래』에 실려 있다. 남미 여행 중 체는 우아이나픽추 정상에 올라 네루다의 이 시를 큰 소리로 낭송하면서 온몸에 전율을 느낀다.

나와 함께 오르자, 아메리카 사랑이여

함께 비밀스러운 바위들에 입을 맞추자
우루밤바 강의 쏟아지는 은 이
그의 노란 잔 위로 꽃가루를 날리게 한다

메꽃 덩굴의 허공,
석화된 식물, 딱딱한 천일홍은
산맥 구석 정적 위로 날아오르고
오라, 작고도 작은 삶이여,
노획된 에메랄드를 나누는 사이
대지의 날개로
차가운 수정의 공기를 쳐올리며
오, 야만의 강우 여,
원시의 강설 이여

사랑, 사랑이여,

낭랑한 안데스의 규석 에서부터

갑작스레 밤이 찾아올 때까지

눈보라의 눈먼 아들은

붉은 무릎의 오로라를 응시하노니

오, 낭랑한 실 들의 잉카 신 , 윌카마유 여!

상처 입은 눈 같은 흰 거품 위로

네 수직의 천둥이 터뜨려질 때,

네 사납고 거친 폭풍이 잠든 하늘을 깨우면서

노래하고 또 훈계할 때,

넌 어떤 언어로 네 안데스의 거품을 걷어낸

그들 귓바퀴에 다가오느냐

뉘 이 차가운 번개를 잡아다

이 산정에 두었느냐

묶어서, 빙하의 눈물로 갈라서,

그 빠른 칼날로 베어서,

백전백승의 노련한 실 들을 튕기며

바위 끝, 저 너머 전사의 침실까지……

네 빼앗긴 섬광들은 뭐라 하느냐?

예전엔 네 반항적인 비밀의 빛,
가득 찬 언어로 비행했느냐
뉘 네 가녀린 동맥의 물줄기,
얼어붙은 음절들을, 검은 언어들을,
금으로 된 휘장들을, 깊숙한 입들을,
굴복된 외침들을 깨부수며 가느냐

뉘 땅에서 얼굴을 내미는 꽃들의 눈꺼풀을 자르느냐
뉘 부서진 밤을 또 부수기 위해 이 고생대 석탄층에서
네 폭포의 손이 내려버린 그 꽃송이들의 죽음을 재촉하느냐

뉘 그 넝쿨들을 걷어내느냐
뉘 이별들을 또 한 번 땅속에다 매장하느냐

사랑, 사랑이여, 경계를 건드리지 말아라
가라앉은 머리를 숭배하지도 말아라
시간의 키가 그의 썩은 우물에서 쑤욱 자랄 때까지
내버려두어라
절벽들과 빠른 물살 사이에서 취 하라
협곡의 공기를,
얇은 철판 두께로 불어대는 평행의 바람을,

구름에 반이 덮인 우아이나픽추(Huaina Picchu), 오른쪽 아래 일명 공포의 계단(Escalera huaina picchu del terror)이 보인다.

산맥들의 보이지 않는 운하를,
거친 이슬들의 인사를,
그리고 올라라 한 송이 한 송이,
우거진 숲을 통해 추락해버린 뱀을 밟으며

돌과 숲, 초록별의 가루, 명징한 정글에서
만투르 계곡은 살아 있는 호수처럼
정적의 새로운 경지로 폭발하는 것이다

내 존재에로 다가오라,
죽은 왕국은 여전히 살아 있으니
내 새벽으로
왕관을 쓴 고독들까지
시계 속에선 콘도르의 핏빛 그림자가
검은 함선인 양 가로지르니……

파블로 네루다의 시 「마추픽추 산정 Ⅷ」 전문

해발 2,800미터의 험하고 가파른 산꼭대기에 세워진 고대 도시, 그곳에 세워진 요새로 인해 얻게 된 이름 마추픽추, 그 뜻은 잉카의 원주민어인 케츄아 어로 '늙은 산'이란 뜻이다. 뾰족한 바위들이 수 미터씩 솟아 있는 '젊은 산' 우아이나

픽추와 대조가 된다.

네루다는 총영사직을 사직하고 칠레로 돌아가기 전 새로운 세계를 발견하게 된다. 그는 당시 소감을 다음과 같이 밝혔다.

"페루에 잠시 머무는 동안 마추픽추를 찾았다. 전혀 새로운 세계였다. 도로가 개설되지 않아 말을 타고 올라갔다. 정상에 오르자 높고도 푸른 안데스 산맥의 봉우리들에 둘러싸인 고대 석조물이 나타났다. 긴 세월에 침식되고 풍화된 요새 아래로 거센 물살이 쏟아져 내렸으며, 윌카마유 강에서는 하얀 물안개가 뭉실 피어났다. 나는 돌로 된 세계의 배꼽, 그 한가운데에 서 있었던 것이다. 나 자신, 볼품없는 미물로 느껴졌다. 그 옛날 나, 이곳에서 농사를 지으며 돌을 다듬으면서 살았던 것만 같았다. 순간, 난 칠레인, 페루인, 아니 아메리카인임을 절실히 느꼈다. 험준한 산봉우리들, 그 영욕의 세월을 보낸 거친 유적들을 돌아본 뒤, 난 다음 작품들의 영감을 얻을 수 있었다. 마추픽추 산정의 시들은 그렇게 탄생했다."

네루다의 시를 아메리카 문학의 이정표며 절정이라고 극찬했던 체는 마추픽추를 보고 이렇게 말했다.

"칠레의 시인 네루다처럼 마음을 다져먹은 난, 저 멀리 비춰오는 황혼마저 놓치지 않기 위해 달려왔다. 마추픽추의 언덕에 고여 있는 잉카 문명의 흔적들을 보노라면, 네루다가 느낀 감동이 느껴진다. 아, 마추픽추, 어느 영국인 여행객의 표현대로 코카콜라 광고가 없는 곳. 이 고대의 도시에는 아메리카 대륙의 가장 위대한 토착문명이 숨 쉬고 있다. 정복자들의 침략 속에 숨죽인 영혼들이 석벽과 돌계단 틈에서 여전히 꿈틀거리는 곳. 북미 여행객들이 느끼지 못하는 순수한 토착정신을 우리 남미인들은 느끼고 있는 것이다."

휴식기(쿠바 시절)

1966년 4월 ~ 1966년 10월

필자는 서술상 편의를 위해 체 게바라가 아프리카에서 빠져나와 볼리비아로 들어가기까지 약 7개월 정도의 기간을 휴식기라고 했다. 이 시기부터 니콜라스 기옌의 시는 필사 목록에서 빠지는 대신 바예호와 네루다의 시들이 계속 노트를 점하게 된다. 아프리카 혁명을 실패작이라 생각한 체가 초심으로 돌아가 다시 라틴아메리카 혁명에 몰두하기 위해 바예호와 네루다의 정통 저항시들을 필사하지 않았을까 하는 추리가 가능한 대목이다.

1966년, 아프리카에서 나온 체의 행방은 그해 가을까지 묘연했다. 누군가는 파라과이 국경 근처 브라질 마을 바리바오에 있다고 했고, 또 누군가는 아르헨티나의 코르도바의 한 특급호

텔에서 봤다고 했다. 하지만 그는 아바나에서 볼리비아로 가기 위한 새로운 원정대를 준비하고 있었다. 당시 소련은 앙골라, 모잠비크, 에티오피아 등을 그들 정책의 역점지역으로 설정하고 쿠바의 동참을 종용하고 있었다. 그러한 소련의 입장에서 보면 체의 아프리카 철수는 많은 아쉬움을 남긴 사건이 되며, 체가 다시 눈길을 라틴아메리카로 돌리려 한 것은 쿠바 미사일 사태 이후 미국의 눈치를 보며 가능한 미국을 자극하려 들지 않았던 소련에겐 반갑지 않은 일이었다.

1966년 3월, 체가 아프리카로부터 빠져나온 뒤 같은 해 11월 초 볼리비아로 가기까지 녹색노트에 필사된 것으로 추정되는 시는 총 8편이다. 그중 세사르 바예호의 시 5편은 시집 『트릴세』에 수록된 것들이고, 네루다의 시 3편은 시집 『모두를 위한 노래』에 수록된 것들이다. 필사 형태도 앞에서와는 달리 바예호의 시 3편이 연속해서 필사되다가 그 뒤부터는 네루다와 바예호의 시가 번갈아 필사되고 있다. 참고로 바예호의 시집명, '트릴세 ' 의 뜻은 지금까지 확실히 밝혀진 바 없으나, 혹자는 스페인어 'Triste(슬픈)'와 'Dulce(달콤한)'의 합성어라기도 하고 또 혹자는 바예호의 고향인 칠레의 산티아고 데 추꼬 지방의 야생화 이름이라고도 한다. 하지만 바예호의 시가 전위주의 경향을 띠는 만큼 그 뜻이 중요하지 않을 수도 있다. 『트릴세』에 수록된 시들의 대부분은 바예호가 옥중에서 쓴 것으로 1922년 출판되었다. 다음에 소개할 시는 체가 53번째로 필사한 것으로 이상의 「날개」를 떠올리게 하는 시다.

나에게 물이 다가올 땐 난,
바다와 인연을 끊는다

항상 외출하자
놀라운 노래를 맛보자
욕망의 천한 입술이 만들어내는 노래를
오, 경이로운 처녀성,
소금기 없는 바람이 지나간다

멀리 뱃속 냄새를 맡는다
깊숙이 눈대중으로
썰물 파도의 자판을 잡으며

그래, 이렇게 우린 어리석은 곳에
코를 들이대지
하지만 우린 무소유의 가치를 알게 될 거야
비록 아직 생기진 않았지만
더 이상 날개가 아닌,

아니 할 수 없이 날개인

낮의 날개의 외로운 자매,

밤의 날개를 품게 될 것이야

세사르 바예호의 시 「XLV」 전문

바예호는 어떤 면에선 입체파의 영향을 받았다고 할 수 있다. 입체주의는 2차원적인 그림을 3차원적으로 표현하는바, 평면적 그림이지만 정면, 측면, 후면의 모습을 모두 담아내려 한다. 입체파들은 사물의 형태를 수많은 파편으로 분할해서 화폭에 나열하는 까닭에 사물을 '묘사'한다고 하기보단 '구축'한다고 표현한다.

여러 각도에서 시차를 두고 바라본 것들도 우린 동시에 떠올릴 수가 있다. 하지만 그것을 한 평면에 묘사하게 되면 뒤죽박죽이 돼버린다. 그런데 실제로는 그 이상스럽게 뒤죽박죽이 된 형상들이 오히려 실재 사물을 더 잘 표현하고 있는지도 모른다. 바예호의 시집 『트릴세』에 실린 시들의 대부분이 바로 이런 입체파적인 시들이다. 한 편의 시에 다양한 상황들이 연출된다. 대상은 물론이고 심지어 복수의 주제를 다루는 경우도 있다. 위 시의 경우 1~3연까지는 소재가 바다 내지 물이지만 마지막 연의 경우는 앞의 연들과는 전혀 상관없어 보이는, 마치 전혀 다른 시의 한 연을 갖다 붙인 듯하다.

스페인 내란 중 파시스트 독재자인 프랑코는 바스크 지방의 작은 도시 게르니카를 폭격했다. 3시간 동안이나 폭탄을 퍼부어 마침내 수천 명의 사상자가 발생했다. 피카소는 이 소식을 듣고 격분하여 폭 7.8미터, 높이 3.5미터의 벽화를 한 달 만에 완성하게 된다. 그는 강력한 분노를 표현하기 위해 다양한 방법을 동원했다. 절망감을 표현하기 위해 흑, 백, 회색의 색상만을 사용했으며, 폭력을 연상케 하기 위해 인물들을 왜곡되게 표현했다. 또 공포와 혼란상을 나타내기 위해 산산이 분할된 면을 구축했다. 그리고 끝으로 피라미드 구성으로 이 모든 것들을 통합했다. 모순된 내용들을 담고 있는 바예호의 작품이 그러하다. 시집명 『트릴세』가 'Triste'와 'Dulce'의 합성어일 것이라고 하는 이유도 여기에 있다. 하지만 그 모순은 결코 모자이크식으로 나타나지 않고 용광로처럼 뒤섞여 새콤달콤, 오묘한 맛을 낸다. 바다 이야기로 시작한 그가 천연덕스럽게 하늘 이야기로 맺고 있는 위 시에서처럼.

시인은 묻는다. 날개는 자유인가, 아님 구속인가. 시인은 답한다. 날개 없이도 살 수 있다면 자유일 것이고 살기 위해 날아야만 한다면 구속일 거라고.

휴식기에 필사된 네루다의 시들은 수평선 너머의 스페인 정복자들을 등장시킨다. 코르테스, 알바라도, 발보아, 시메네쓰

데 께세다, 피사로 그리고 발디비아. 하지만 그들 모두는 총구의 불꽃처럼 폭발하는 네루다의 노래에 무참히 짓밟히고 만다. 그의 시가 다정하게 노래하는 유일한 이는 서사시 「아라우카나」를 노래했던 '에르시야'이다.

다음에 볼 시는 스페인 침략자 발디비아와 그에 대항하는 인디오 마푸체 족의 영웅 라우타로 에 관한 것이다. 라우타로는 칠레의 마푸체 출신 인디오로 11세 때 스페인 군대에 포로로 잡혀가 6년간 감옥생활을 한 뒤, 스페인 장수 발디비아의 심복이 된다. 스페인 사람들은 재빠른 트라로 (칠레의 맹금)란 뜻의 그의 이름, 레프트라루 를 발음하기 힘들어한 나머지 라우타로라는 이름을 붙여주었는데, 발디비아에게 전술을 배운 라우타로는 오히려 자기 부족 마푸체를 위해 스페인 군사들과 싸우게 된다. 스페인 군대의 작전을 잘 알고 있던 라우타로는 전투마다 승리하게 되고 마침내 마푸체족의 영웅이 되기에 이른다.

라우타로는
파도에서 파도로 공격했다
아라우카의 그림자를 채찍질했다
그전에 붉은 민중의 가슴에
카스티야의 칼이 꽂혔다

돌과 돌 사이, 여울과 여울 사이,
바위 아래 매복해서
물메꽃들을 바라보며
오늘, 숲속 구석구석 게릴라들이 심겨져 있다
발디비아는 돌아가고 싶었다
하지만 늦었다
라우타로가 번개의 옷을 입고 도착했기 때문이다
슬픔의 정복은 계속됐다
남극 황혼의 축축한 잡초에 길이 열렸으며
말들의 검은 질주로 라우타로는 도착했다

피로와 죽음이
발디비아의 군대를 잎이 무성한 곳으로 몰고 갔다
라우타로의 창들이 가까이 왔다
주검들과 잎들 사이에
발디비아가 마치 터널을 지나듯 지나갔다

안개 속에서 라우타로가 도착했다
그는 돌멩이 투성이인
엑스트레마두라Extremadura 지방에 관해 생각했다
노릿노릿한 식용유, 부엌,

바다 건너 두고 온 재스민에 관해

라우타로의 포효를 알아차렸다
양들, 딱딱한 농장들, 흰 담벼락들,
엑스트레마두라 지방의 저녁
마침내 라우타로의 밤이 다가오고 말았다

스페인 장수들은
피, 밤, 비에 취해 비틀비틀 퇴각하고 있었다
라우타로의 화살들은 쿵쿵 뛰는 맥박을 가졌었다
스페인 군사령부는 피를 흘리며 후퇴를 했다
라우타로의 가슴은 쿵쿵 연주를 하고 있었다

발디비아는 멀리 빛이,
생명이, 폭풍 노도의 바다가 다가옴을 보았다
그는…… 라우타로였다

파블로 네루다의 시 「센타우로에 대항하는 라우타로 」 전문

시의 제목 「센타우로에 대항하는 라우타로」에서 센타우로는 희랍신화의 반인반마인 켄타우로스를 뜻한다. 센타우로와 라우타로가 서로 음이 비슷해 발디비아를 센타우로로 비유한 것이다. 한때 심복이었던 라우타로와 그의 주인 발디비아의 운명적인 전투는 시의 내용처럼 라우타로의 승리로 끝난다. 라우타로의 승리는 예견된 것이었다. 한때 스페인 군사였던 그는 상대측 군사전략을 훤히 꿰뚫고 있었기 때문이다. 이 투카펠Tucapel 전투에서 발디비아는 전사하고 만다.

아라우카니아는 아라우카족의 땅이란 뜻으로 네루다의 고향이기도 하다. 300년 동안 스페인 정복자들에 맞서 싸우던 아라우카족은 결국 추운 지방으로 밀려나고 말았다. 하지만 칠레 백인들은 이른바 아라우카 평정작전을 중단하지 않았다. 원주민들을 땅에서 몰아내기 위해 마을에 불을 지르고 기관총을 난사하는 등, 온갖 방법이 동원되었다. 변호사들은 원주민들의 땅을 사취하고 판사는 항의하는 그들을 감옥에 가뒀으며, 교회 신부들은 불지옥에 갈 거라 협박했다. 그리고 마침내 그들은 원주민들을 알코올로 중독시켜 모두 술주정뱅이로 만들어버렸다. 그렇게 아라우카족은 전멸되고 만 것이다. 이제 그들의 혁혁한 전과, 아름다운 삶은 에르시야의 서사시 「아라우카나」에 주옥같은 시구로만 남아 있을 뿐이다.

다음에 소개할 시는 체 게바라가 56번째로 필사한 것으로 시인 알론소 데 에르시야Alonso de Ercilla에 관한 것이다. 에르시야는

라우타로(Lautaro, 1535~1557) [illegible] 마푸체족의 영웅인 그는 [illegible]

페드로 데 발디비아(Pedro de Valdivia, 1497~1553): 코르테스, 피사로 등과 함께 스페인 정복 시대의 대표적인 정복자 중 한 사람이다. 투카펠 전투에서 그의 하인이었던 라우타로에게 패하고 만다.

스페인 장병으로서 인디오와의 전투에도 참전했기에 한편으로는 신대륙 침략자이기도 하다. 하지만 네루다는 그의 서사시, 「아라우카나」를 좋게 평한 나머지 그에게 바치는 시까지 썼다. 그 이유는 에르시야의 서사시 「아라우카나」가 원주민들의 영웅 라우타로의 '영웅담' 구실을 했기 때문이다. 에르시야는 라우타로와 발디비아의 그 역사적 전투에 병사로 참전했었다. 말하자면 에르시야의 서사시집 『아라우카나』는 종군기자 수첩이었던 셈이다.

아라우꼬Arauco 지방의 돌, 하천에 흐드러진 장미,
스페인으로부터 도착한 한 남자를 만난다
그의 갑옷은 거대한 이끼들에 의해 공격당한다
그의 칼은 고사리들의 그림자와 부딪친다
원시의 덩굴나무는 파란 손들을 행성에 막 도착한
정적 위에 올려놓는다
낭랑한 에르시야, 너의 첫 번째 새벽녘 물의 맥박을,
새들의 희열을, 무성한 잎새에 떨어지는 천둥을,
금빛 독수리의 자취를,
모두 남겨, 너의 흔적을……
야생 옥수수에 네 빰을 토막 내버려
땅 위 모든 것들은 잡아먹힐 거야

에르시야(Alonso de Ercilla y Zúniga, 1533~1594). 서사시 「아라우카나」의 저자. 네루다가 유일하게 좋게 평한 스페인 정복 시절의 인물.

단지 너만은 피의 잔을 마시지 않을 거야
너로부터 탄생한 번개 같은 광채에
지난 과거는 헛되고 말 거야
투명한 나뭇가지 위에 튀는 피,
퓨마의 밤에 군인, 전투의 발자국으로
명령들, 상처 입은 발들……
모두 새의 깃털로 왕관 장식이 된 정적,
그 무거운 정적으로 돌아갈 거야
어느 왕이 메꽃들을 통째로 삼키는 그곳으로

파블로 네루다의 시 「에르시야 」 부분

시 「에르시야」에는 아라우코의 식물군락이 열거되어 있다. "하천에 흐드러진 장미", "거대한 이끼", "고사리들", "원시의 덩굴나무", "무성한 잎새", "야생 옥수수", "메꽃들". 그런데 가장 중요한 식물이 빠져 있다. 다름 아닌 그 옛날 아라우카족이 숭배했던 차구알 .

네루다는 『모두를 위한 노래』를 완성하기 위해 파도 소리 들리는 바닷가 마을 이슬라 네그라에 집 한 채를 구하게 된다. 더 이상 우울하고 나약한 시만을 쓰고 있을 수 없다고 생각한 그는 민중을 위해 파도처럼 굽이치며 끝없이 살아 움직이는 역동적인 시를 쓰기로 결심한다. 그러던 어느 날 아침, 집 마당에 차구알(Chagual). 10월에서 12월 사이 꽃을 피우며, 푸야(Puya)라고도 불린다. 사진의 꽃은 네루다의 이슬라 네그라 저택 앞마당에 폈던 꽃과 같은 종류다.

불쑥 솟아오른 차구알을 보고 그는 가슴 벅차한다.

"이슬라 네그라의 해변가 집에 늙은 용설란이 있었다. 그것은 자살하고 싶어서인지 가슴속 깊은 곳으로부터 꽃대를 밀어올리고 있었다. 우리 집 문간에서 10년 이상을 산 이 거대한 용설란은 내 키보다 훨씬 더 컸다. 그런데 죽으려고 꽃을 피운 것이다. 뾰족한 창 모양의 꽃대가 7미터 높이로 솟아오르더니 황금빛 꽃송이로 뒤덮이자마자 말라비틀어지기 시작했다. 그런데 죽어가던 용설란 옆에 또 다른 꽃대가 모습을 드러내고 있었다. 차구알이었다. 차구알은 이곳 자생식물로 칠레에 살지 않는 사람은 잘 모른다. 예전에 진흙을 소중하게 여기던 아라우카족이 숭배했던 식물이다. 그 고대의 아라우카족은 더 이상 존재하지 않는다. 그들의 역사는 피와 죽음, 에르시야의 서사시와 함께 막을 내렸으며, 오로지 땅만이 그 본질을 간직한 채 존재한다. 이 꽃이 죽음과도 같은 수세기의 어둠을 뚫고 다시 피어남을 보며 나는, 이 땅의 과거가 다시 개화하고 있음을 느꼈다. 차구알은 뾰족한 잎 둘레에 가시가 촘촘히 박힌 파인애플과 식물이다. 신비한 에메랄드 칼로 무장한 이 식물은 초록색 불꽃처럼 솟아오르다 갑자기 거대한 꽃대 하나가 치솟고, 사람의 키 부근에서 초록색 꽃들이 다발을 이룬다. 수많은 꽃들의 개화가 시작되면 세상은 노란 꽃가루로 뒤덮인다. 차구알은 지금까지 보아온 꽃들 중에서 가장 큰 초록빛 꽃으로 바다의 파도를 위한 쓸쓸한 기념비이다."

네루다의 말처럼 차구알은 이제 남미에서도 귀한 꽃이 돼버렸다. 아라우카족의 멸망과 함께 땅이 말라버리는 바람에 뿌리를 뻗을 땅을 찾아 계속 남하하던 그것은 마침내 남극바다 가까이에서까지 봉오리를 터뜨리더니 결국 희귀종이 되고 말았다.

체 게바라는 시, 소설, 차, 음악 그리고 말, 노새, 강아지 등 동물들에 관해선 많은 이야기를 했었지만 좀처럼 꽃에 관해선 언급하지 않았다. 꽃과 혁명, 서로 어울리지 않는다고 생각했기 때문일까?

만약 체 게바라가 꽃을 좋아했더라면 그 어떤 꽃보다 차구알이 아니었을까 한다. 차구알은 '인디오 아메리카인들이여, 과거를 되찾자'라는 그의 외침에 가장 잘 부합할 꽃이기 때문이다.

체 게바라가 혁명가가 되기까지 네루다는 그에게 지대한 영향을 끼쳤다. 그런 네루다가 가장 존경한 사람이 바로 프라이 바르톨로메 데 라스카사스(Fray Bartolomé de [illegible]) 신부다. 라스카사스 신부는 인디오들의 권익을 위해 평생을 바쳤다. 아메리카 인디오 해방운동의 선구자였던 그는 '인디오들의 사도(使徒)(El Apóstol de los Indios)'라고도 불린다. 인디오들의 권익을 위해 아메리카 혁명을 꿈꾸던 체 게바라가 라스카사스 신부의 존재를 간과했을 리 만무하다. 다음에 소개할 시는 체가 58번째로 필사한 네루다의 시 「프라이 바르톨로메 데 라스카사스」이다.

나무에게도 당신 그림자 같은 그림자는 없지요
그 위에 대륙의 살아 있는 불덩이가
그 그림자를 향해 달리죠
사지가 잘려진 상처, 몰살돼버린 마을,
모든 것들은 다시금 당신의 그림자로 태어나죠
당신은 고통의 경계에서 희망을 쌓지요

신부님, 당신의 존재는 그들에겐 행운이었어요
플랜테이션 농장에서
죄악의 검은 곡식들을 씹으며
분노의 잔을 매일 마신 것
누가 발가벗고 당신을
분노의 이빨 사이로 밀어 넣었나요?
당신이 탄생하셨을 때
칼을 든 다른 눈들이 어떻게 들여다보던가요?

어떻게 당신의 변하지 않는 밀알이
세상이란 빵에 반죽이 되기 위해

프라이 바르톨로메 데 라스카사스(Fray Bartolomé de las Casas, 1474~1566) 신부. 인디오들의 사도(使徒, el Apóstol de los indios)라고도 불린다.

인간의 숨겨진 밀가루에 효모처럼 섞일 수 있을까요?

(중략)

오늘, 신부님. 저와 함께 이 집에 들어갑시다

당신께 편지들을 보여드리겠어요

내 마을의 박해받는 사람들의 시련과

그들의 오랜 고통들을 보여드릴게요

넘어지지 않기 위해,

땅 위에 서기 위해, 계속 싸우기 위해

내 가슴속에, 방랑의 포도주와

당신의 달콤한 빵을 품으렵니다

파블로 네루다의 시 「프라이 바르톨로메 데 라스카사스 Fray Bartolomé de las Casas」 부분

콜럼버스가 쿠바에 도착한 시점은 제1차 항해에서 아메리카 대륙에 첫발을 디딘 지 보름이 지난 1492년 10월 27일이며, 장소는 지금의 오리엔테 Oriente 지방 북쪽 해안이다. 하지만 이 땅은 지금의 도미니카와 아이티, 푸에르토리코 등과는 달리 금이 풍부하게 나오지 않는다는 이유로 오랜 기간 탐험가들의 관심을 끌지 못하고 있었다. 그 후 17년이 지난 뒤, 벨라스케스 Diego Velázquez, 1465~1524가 이끄는 군대에 의해 본격적인 정복사업이 이루어졌다. 갑옷에다 총과 칼로 무장한 정복자들 앞에 돌, 조잡한 나무 활에만 의지했던 원주민들은 쉽게 굴복하고 말았다. 스페인 군대는 소위 '문명화'와 '기독교사업'을 추진한다는 명목으로 쿠바 전체를 피로 물들여버렸다. 라스카사스 신부는 1542년에 발간된 그의 저서 『인디아의 파괴에 대한 간략한 보고서 [illegible]』에서 직접 눈으로 본 장면들을 리얼하게 묘사하면서, 당시 스페인 군사들의 만행을 고발했다. 아래는 그 책의 일부를 발췌한 것이다.

"그때 그들이 왔다! 인디오들은 그들을 마치 하늘에서 내려온 천사들로 여겼다. ……하지만 난 두 눈으로 똑똑히 보았다. 그들은 남녀 상관 않고 귀, 손, 코를 잘랐다. 단지 재미로 그랬던 것이다. 그 후 난 그들이 어떻게 쉽게 인디오들을 잡아 그런 짓을 할 수 있을까 생각해봤다. 그들은 추장들을 소집해서 그들의 안전을 보장해준다며 거짓말을 하고는, 막상 그들이 평화롭게 찾아오면 잡아다가 불로 태워 죽이는 것이었다. ……스페인 사람들은 또 어머니의 가슴에서 젖먹이들을 떼내, 공처럼 발로 차고 바윗덩어리에다 머리를 박아버렸다. ……그들은 긴 교수대를 만들곤 다리가 흔들리는 것을 막기 위해 발가락 끝이 땅에 닿을 정도로 목을 매달았다. 그러고선 열두 제자와 예수의 영광을 위한다는 의미에서 한꺼번에 13명의 인디오들을 매달아 산 채로 태워 죽였다."

"스페인 군인들은 인디오들을 군견들로 사냥했다. 어느 날 몸이 아픈 한 여인은 그 개들을 피할 길이 없어, 한 살 된 젖먹이라도 구해보겠다는 생각에 끈으로 그녀의 다리에다 아기를 묶었다. 그녀는 집 대들보에 목매 자살했는데 결국 개들이 아기를 떼내 물어뜯어버렸다. 하지만 그 아기는 죽기 전, 가까스로 한 탁발승에 의해 영세는 받게 되었다."

"스페인 군인들은 남성적인 힘을 자랑하기 위해 인디오들의 머리나 신체 부위를 단칼에 베는 시합을 했었다. 그들은 인디오들의 손을 자르고 잘려나간 손들이 잠시 꼼지락거리는 걸 보고 즐거워했다. ……군부대장은 새로운 인디오들을 포획한 후 그들이 새로운 주인의 이름을 외지 못하면 손을 자르거나 죽여서, 시체를 토막 낸 뒤 군견들의 먹이로 던져주었다. ……그들은 인디오들에겐 마치 지옥의 사자 같았다. 밤낮으로 발로 차고 채찍질하곤 인디오들을 개보다 못한 동물이라 생각했다. ……임신한 여자들은 기독교도들을 위해 죽어라 일을 했기에 유산하는 일이 다반사였으며, 수없이 많은 인디오들이 길에 던져져 죽어갔다."

인디오들을 매달아 불로 태우고 있는 스페인 사람들. 한 번에 13명을 태워 죽인 이유는 예수와 열두 제자의 영광을 위해서였다.

"그들은 구덩이를 파고 그 구덩이가 가득 찰 때까지 남녀노소 임산부 할 것 없이 밀어 넣었다. ……그래도 남는 이들은 창이나 도끼 등으로 찍어 군견들의 밥으로 던져주었다. ……그들은 기한을 정한 뒤 그때까지 인디오 추장들에게 엄청난 양의 황금을 구해놓을 것을 명했다. 만약 그 기한 안에 가져오지 못하면 추장의 친족들을 불태워 죽였는데, 신대륙에 그들의 후계자들을 남겨두지 않겠다는 계산에서였다. 그리고 그들은 인디오들로부터 엄청난 황금을 끌어모은 뒤, 더 이상 그들이 필요 없다고 판단하고 큰 집 세 채에다 집어넣어 산 채로 불태워버렸다."

라스카사스 신부는 인디오들이 비참하게 죽어가는 것을 보고 스페인 국왕에게 "인디오도 인간이며 하느님의 형제로 인정해야 한다"고 호소했다. 그러자 스페인 왕실은 처음으로 인디오들의 인권을 인정하고 그 보호법을 제정했다. 그러나 스페인 정복자들의 생각은 달라지지 않았다. 인디오보호법은 유명무실해져버렸으며, 오히려 라스카사스 신부만 식민지와 이해관계를 맺고 있던 마드리드 귀족들의 미움을 산 나머지 심한 고초를 겪게 되었다. 그리고 쿠바에서 인디오의 씨가 완전히 말라버릴 때까지 잔혹한 행위는 그칠 줄 몰랐다.

몸이 불편한 인디오 여인이 아기만이라도 살리기 위해 자기 다리에다 아기를 묶고 자신은 목매어 자살한다. 하지만 아기는 결국 개들에게 물어뜯기고 만다.

콜럼버스가 아메리카에 첫발을 디뎠던 날인 10월 12일은 미국의 국경일이다. 하지만 이날이 진실로 경축할 만한 날일까? 먼저 발견이란 단어는 남이 미처 보지 못한 사물을 찾아냄을 뜻하는데, 이미 3~4만 년 전부터 살고 있었던 인디오를 사람이 아니라고 전제하지 않는 한, 발견이라는 단어의 사용은 부적절한 것이 되고 만다. 콜럼버스가 도착했을 무렵 아메리카 대륙에는 적게는 8백만, 많게는 1천 6백만 명 정도의 원주민들이 살고 있었다. 이들은 수백 개의 부족사회로 나눠져 있었으며, 그중에서 멕시코에 터를 잡은 마야와 아즈테카 그리고 페루의 잉카족은 그 당시 유럽의 문명과 궤를 달리하였을 뿐, 지구상의 어떤 민족보다 더 훌륭한 문명을 지니고 있었다. 하지만 대륙의 정복자들은 진보와 문명 그리고 기독교의 이름으로 히틀러의 유태인 말살 이상의 잔인한 살인극을 펼치게 된다. 아르헨티나의 독재자였던 로사스Rosas는 소나 돼지는 고기라도 제공하지만 미개한 인디오들은 양식만 축내는 기생충 같은 존재이니 씨를 말려야 한다며, 인디오 섬멸작전에 나섰다. 이것이 지금 아르헨티나에서 인디오를 보기 힘든 이유다.

아즈테카의 전설 중에는 다음과 같은 것이 있다. 아즈테카인들은 독수리 머리에 흰 깃털과 뱀의 꼬리를 한 '케찰코아틀Quetzalcoatl'이라는 수호신을 모시고 있었는데, 아즈테카족의 푸대

접에 앙심을 품은 그는 "언젠가는 동쪽 바다에 내가 다시 나타날 것인바 그날이 바로 너희들의 멸망일이 될 것이다"란 말을 남기고 지금의 카리브해로 사라졌다는 것이다.

세월이 흘러 1519년 에르난 코르테스가 이끄는 스페인 침략군들이 말을 타고 질주하여 동쪽 바다 베라크루즈Veracruz에 도착하자, 이를 지켜보던 아즈테카의 정찰병은 "머리가 둘이고 발이 네 개인 괴물이 동쪽 바다로부터 출현한바, 빠르기가 사람으로서는 도저히 따라잡을 수 없으며, 특히 머리 하나는 케찰코아틀 신처럼 흰색이었습니다"라고 그들의 왕 목테수마에게 보고를 한다. 언젠가는 케찰코아틀 신이 아즈테카에 나타나서 그들을 멸망시킬 것이라고 생각하던 목테수마 왕은 바로 스페인 군사들의 침략을 케찰코아틀 신의 재림으로 풀이하곤 싸울 생각은커녕 신의 노여움을 풀어주려는 의도로 오히려 그들을 대대적으로 환영하고 만다. 이리하여 찬란한 문명의 아즈테카 왕국은 일개 소대 병력밖에 안 되는 스페인 군인들에 의해 멸망하게 되는 것이다.

인디오들이 아메리카 대륙을 백인들에게 빼앗긴 것은 불과 500년 전 일이다. 우리 역사로 치면 조선 중엽쯤 이야기다. 이스라엘이 팔레스타인 땅을 자기네 것이라 주장하는 것에 비하면 정말 최근의 일인 것이다. 하지만 그들은 침묵한다. 아니 그들 성품으로 미루어 영원히 침묵할 것 같다. 그들의 삶은 순리에 바탕을 두고 있으며, 그들의 역사는 토인비가 말하는 '도전과 응전의 역사'가 아니라 자연에 순종해온 역사다. 인간이 가장 아름다울 때는 자연의 일부로 존재할 때일 것이다. 그런 그들 입장에서 보면 역사는 퇴보 중인지도 모른다. 아메리카 대륙이 인디오의 땅으로 그냥 남아 있었더라면, 지구는 훨씬 덜 앓고 있을지도 모를 일이기 때문이다.

볼리비아 시절
1966년 11월 ~ 1967년 10월 8일

2008년 12월, 한국의 〈EBS 세계테마기행〉 쿠바편 인터뷰에서 체의 딸 알레이다는 선친과의 마지막 식사를 다음과 같이 회고했다.

"난 여섯 살 꼬마였어요. 어느 날 어떤 낯선 중년남자와 식사를 하게 되었는데 난 그가 아버지인 줄 몰랐습니다. 변장을 했기 때문이죠. 그리고 아버진 술을 잘 못 드셨기에 포도주에 물을 타 드셨는데, 그 남자는 그냥 포도주만을 마셨습니다. 물론 우리 자식들을 속이기 위해서였죠. 제가 의자에서 내려오다가 넘어졌을 때였어요, 그가 절 안아주었습니다. 그 느낌이 아주 포근했어요. 그래서 전 어머니에게 말했죠. '엄마, 저 아저씨가 날 사랑하나 봐.'"

1966년 볼리비아로 떠나기 전 변장을 하기 위해 또다시 머리를 짧게 자르고 수염을 깎은 채 게바라. 공항검색을 통과하기 위해서였다.

가족과의 마지막 식사를 마친 뒤 1966년 11월 3일, 체 게바라는 마드리드와 상파울루를 경유해 볼리비아의 라파스에 도착했다. 130748번, 우루과이 여권을 소지하고 대머리에 검은 안경, 짙은 색 옷에 넥타이를 맨 그는 영락없이 학자였다.

미국의 힘을 분산시키고 약화시키기 위해 '제2, 제3의 베트남 전쟁을 일으키라'가 체의 구호였다. 당시 콜롬비아와 베네수엘라가 이미 혁명 중이었고 아르헨티나에선 로베르토 부스토스Roberto Bustos, 브라질에선 카를로 마리겔라Carlo Marighela, 파라과이에선 투파마로스Tupamaros, 페루에선 후안 파블로 창Juan Pablo Chang, 일명 El Chino 등의 게릴라들이 활동하고 있었기에, 체는 혁명의 열정에 휩싸인 라틴아메리카에선 승산이 있을 거라고 생각했다. 게다가 당시 칠레의 상원의장이었던 살바도르 아옌데Salvador Allende로부터 항쟁군들에게 필요한 군수품 보급까지 약속받아놓은 상태였다.

체가 볼리비아를 다음 혁명지로 선택한 또 다른 이유는 볼리비아가 주변 5개국과 국경을 접하고 있어, 혁명의 불씨가 남미 전역으로 확산될 수 있을 것이라고 판단했기 때문이다. 실제 인구 5백만이 넘지 않는 볼리비아는 인구의 절반 이상이 전 국토 면적의 10분의 1에 해당하는 지역에 몰려 있어, 체가 게릴라전을 펼치기에도 이상적인 곳이었다. 지금도 볼리비아에는

체가 마지막으로 항쟁하던 라이게라 지방의 마을 풍경. 지금도 여전히 오지로 남아 있다.

정부의 손길이 미치지 않는 오지들이 많다. 체가 마지막으로 항쟁했던 라이게라 La Higuera 지방이 그 좋은 예이다. 라이게라는 체가 사망하지 않고 지금까지 살아 있다면, 빈 라덴처럼 여전히 게릴라 활동을 지휘하고 있을 만큼 사방이 황폐한 협곡들로 둘러싸여 있다.

이런 오지 속에서도 체는 시를 읽고 필사했던 것으로 보인다. 볼리비아 시절에 필사된 것으로 추정되는 시들은 지금까지 한 편도 필사된 적이 없는 레온 펠리뻬의 시들이다. 왜 펠리뻬의 시들만 필사되었을까? 여러 가지 이유를 생각해볼 수 있겠으나 앞에서 언급한 것처럼 체가 볼리비아로 잠입할 당시 레온 펠리뻬의 시집들만 갖고 나갔을 가능성과, 앞의 세 시인들의 시들은 아프리카나 쿠바에서 이미 충분히 필사되었다고 판단한 나머지 노트 마지막 부분은 레온 펠리뻬의 시들로만 장식하고자 했을 가능성이다.

아프리카 시절과 휴식기를 합쳐 필사된 시의 총합은 60편. 시인별로 보면 니콜라스 기옌의 시가 25편으로 가장 많고, 이어 바예호 18편, 네루다 17편 순이다. 그렇다면 노트의 마지막 부분을 장식하고 있는 레온 펠리뻬의 시들(순번으론 61~69) 9편은 필사의 양적 균형을 위해서라도 연속적으로 필사될 수밖에 없었을 것이다. 그리고 체가 죽지 않고 필사를 계속했더라면 펠리뻬의 시가 좀 더 필사되지 않았을까 한다. 양적 균형도 균형이지만 앞서 말한 바처럼 체가 레온 펠리뻬의 시집들만 들고 볼리비아로 들어갔을 가능성 때문이다. 체가 필사한 펠리뻬의 시집 『오, 이 낡고 부서진 바이올린!』이 1965년 말, 즉 체의 아프리카 시절 후에 출판된 것임을 감안한다면 더욱 그렇다. 참고로 체가 필사한 펠리뻬의 또 다른 시집 『사슴』은 1959년 쿠바혁명 원년에 체가 펠리뻬로부터 선물 받은 것이다.(뒤에 인용한 체가 펠리뻬에게 보낸 편지 참조.)

파블로 네루다는 레온 펠리뻬와의 만남을 다음과 같이 회고했다.

"모순으로 가득 차 보이는 니체풍의 시인 레온 펠리뻬는 정말 호감이 가는 사람이었다. 비꼬는 투로 규범을 무시하는 듯한 무정부적인 반항아 기질이 매력적이었다. 하지만 내전이 한창일 때 '이베리아반도 무정부주의 연맹(FAI)'의 요란한 선전에 쉽게 넘어가버리고 말았다. 무정부주의 집회에 자주 참석하여 반권위, 반교권적 이데올로기가 반영되어 있는 자작시들을 낭송하곤 했었다. 그의 시들엔 한편으로는 하느님께 빌며 또 한편으로는 하느님을 모독하는 요소가 들어 있었다. 당시 스페인의 무정부주의자들은 전차와 버스를 반은 빨갛게 또 반은 노랗게 칠했었다. 머리와 수염을 길게 기르고 총알로 목걸이와 팔찌를 만들어 끼고 다니던 그들은, 쉽게 사람들을 죽이거나 아님 그들이 쉽게 죽었다. 난, 반은 빨갛고 반은 검은 구두를 신고 다니는 사람들을 많이 보았다. 이 신발은 무정부주의자들 간의 표시였는데, 유치한 장난쯤으로만 받아들이기엔 너무 위험한 것이었다. 그들은 칼, 권총, 소총 등을 소지하곤 거리를 마구 누비고 다녔다.

그러던 어느 날 밤, 난 집 근처 한 카페에서 레온 펠리뻬를 만났다. 그의 스페인 망토는 예수풍의 넉넉한 수염과 잘 어울렸다. 근데 카페에서 나오다 우연히 옆에 앉아 있던 무정부주의자의 몸에 그의 옷자락이 스쳤던 모양이었다. 곧 그들 패거리가 우리의 앞길을 막으며 다짜고짜 신분증을 보자고 했다. 그중 총을 찬 두 사람이 신분증을 훑어보더니 레온 펠리뻬를 데려가는 것이었다. 그들은 내가 살고 있는 집 근처 총살장 쪽으로 펠리뻬를 데려가고 있었다. 그곳에서 들려오는 총소리로 인해 잠을 설치곤 했던 나로서는 걱정이 이만저만이 아니었다. 바로 그때 군인 두 사람이 눈에 띄었다. 결국 이들의 도움으로 펠리뻬의 목숨을 건질 수가 있었다."

멕시코 체류 시절, 체 게바라는 망명생활을 하고 있던 펠리뻬를 만나게 된다. 당시 그로부터 강한 인상을 받았던 체는, 각종 연설 도중 펠리뻬의 시를 인용하거나 쪽지에 그의 시들을 적어 동지들에게 전달하기도 한다. 1964년 쿠바노동자대회 도중 체는 펠리뻬의 시구절을 인용한다.

"여러분이 원하신다면 저는 여러분 모두의 머릿속에다 시 한 구절을 넣어드리고 싶습니다. 이건 저의 시가 아니라 무모하리만큼 열정적이었던 한 남자가 쓴 몇 줄 안 되는 짧은 시입니다. 그 시인은 지금, 생을 마감할 나이가 되었습니다. 그의 나이 80이 넘었으며, 그 옛날 그가 열렬히 사랑하던 조국 스페인의 몰락을 지켜본 뒤, 지금은 멕시코에서 망명생활을 하고 있습니다. 지금으로부터 몇 년 전에 출판된 그의 시집에는 몇몇 주목할 만한 구절들이 있습니다. 그 구절들은 다음과 같습니다. '그러나 인간은 고생만 하는 어리석은 존재다/땀을 흘리며 오랜 시간 일만 했으니……/이 땅 위에서 기쁨의 노래를 부르지 않고/북채로 괭이를 만들어 땅을 파기 시작했으니' …… 그리고 내 기억력이 좋지 않아 정확할진 모르겠으나 이어 시인은 말합니다. '말하고 싶네/그 누구도 태양의 박자에 맞춰 땅을 팔 줄 모름을/그 누구도 사랑과 은혜로운 마음으로/저 누런 옥수수들을 거둬들인 적이 없다는 것을'. 이 시는 패배한 이들의 심경을 정확히 묘사하고 있습니다. 하지만 노동을 신성시하는 우리들에 의해, 자연으로의 회귀를 열망하는 우리들에 의해, 삶을 불꽃처럼 타오르게 하는 우리들에 의해, 이미 그 패배는 극복단계에 있는 것입니다."

1964년 8월 21일 체는 멕시코에 있는 레온 펠리뻬에게 편지를 쓴다. 시집 선물에 대한 고마움의 표현과 위에서 말한 내용들이 적힌 편지이다.

거장이신 시인께

몇 해 전 혁명전쟁에서 승리하고 당신의 친필서명이 적힌 막 출간된 당신의 시집 한 권을 받은 적이 있습니다. 고맙다는 말을 지금까지 전하지 못했지만 항상 그 책만은 들고 다녔습니다. 곁에 두고 읽는 몇 권의 책들 중 하나가 바로 당신의 시집 『사슴』입니다. 비록 그 시집을 읽을 시간은 많지 않았지만 말입니다. 왜냐하면 쿠바에서는 잠자는 것과 시간이 남아돌아 쉰다는 것은 수뇌부 모욕죄처럼 취급받기 때문입니다.

얼마 전 큰 의미가 있는 행사에 참석하게 되었습니다. 갑자기 나 자신, 행사장을 가득 메운 열정적인 노동자들과 다른 사람처럼 느껴졌습니다. 그때 마음속 깊이 간직하고 있던 「좌절한 시인」이 떠올랐고 그 순간 전, 당신을 생각했습니다. 당신은 멀리 있기에 당신의 시를 인용할 수밖에 없었습니다. 저의 이 말은 당신에 대한 찬사이오니 부디 액면 그대로 받아주셨으면 고맙겠습니다.

'도전이 당신을 유혹한다면 그것은 반겨야 할 초대입니다.'

진정 경의를 표하며

1964년 8월 21일 사령관 체

다음은 펠리뻬가 답장 형식으로 체에게 보내온 편지 내용이다.

경애하는 내 친구 체 게바라에게

지금 난 아주 느릿한 늙은이가 되어 자네에게 편지를 쓴다네. 하지만 자넬 힘껏 껴안아주고 싶네. 내 이런 마음을 전달 못 하고선 결코 작별을 고할 수 없을 것 같네. 그래서 자넬 무척 존경하는 사람이자 친구인, 내 아내 베르타를 통해 내 마음을 전하네.

얼마 전 쓴 마지막 시의 사본에 서명을 해 보내니 추억거리로 삼으시게나.

행복을 빌며

1965년 3월 27일 멕시코에서

오랜 친구 레온 펠리뻬

체 게바라는 곧잘 예수와 비교된다. 사망 당시의 모습이 예수와 흡사했다는 증언도 있고, 실제 볼리비아의 라이게라에서는 예수 대신 체 게바라 상을 모시는 곳도 있다. 다음은 로께 달톤Roque Dalton의 체의 죽음을 애도하는 시, 「체 게바라의 사도신경」의 일부이다.

체 그리스도께서는

산속에서 설교를 하신 후 감옥에 가셨다

로마 양키들로부터

사주를 받은 유대 볼리비아 특공대에 의해

(중략)

그리스도 게바라에게 가시면류관을 씌운 뒤

그들은 천식으로 콜록거리는 그에게 십자가를 끌게 했다

결국 M-2 소총으로 못을 박고

머리를 자르고 손을 자르고

나머지 신체 부위는 불태워버렸다

로께 달톤의 시 「체 게바라의 사도신경 El Credo del Che」 부분

아메리카 대륙의 원주민 학살이 정복자 스페인의 기독교 정책에 기인했다는 걸 누구보다도 잘 알고 있던 체는, 항상 자신은 예수와 다른 길을 가고 있다고 말했다.

"나는 예수도 아니고 박애주의자도 아니다. 나는 적들이 나를 십자가에 못 박기 전에 손에 닿는 모든 무기를 들고 싸울 것이다. 독재와 싸우는 혁명이라면 그 어떤 혁명에라도 참가할 것이다."

오로지 인간만을 믿으며 늘 새로운 것을 추구하던 체는 1956년 멕시코에서 자기 어머니께 띄운 편지에서도 그렇게 말했다.

"어머니 저는 예수와 전혀 다른 길을 가고 있습니다. 그들이 저를 십자가에 매달려고 하지도 않을뿐더러, 당신께서 바라시는 방식으로도 전 실행하지 않을 겁니다."

여기서 그의 어머니가 바라던 방식이란 기독교에서 말하는 사랑과 온유의 방식이었을 것이다.

체 게바라 역시 신을 믿었었다. 단지 악이 선을 이기고 불의가 정의를 몰아내는 부조리한 현실 앞에서 수수방관하는 무기력한 신의 존재를 깨닫곤, 그 자신 직접 총을 들고 악들과 대결하는 길을 선택했을 뿐이다. 체는 자식들에게 남긴 마지막 편지에서도 그와 같이 말했다.

"아빠는 너희들이 이 세상 어디서든 누군가에게 행해질 모든 불의를 깨달을 수 있는 능력을 키웠으면 좋겠다. 그것이 바로 혁명가가 지녀야 할 가장 아름다운 자질이란다."

체 게바라는 볼리비아 시절에 기독교와 예수에 관해 많은 생각을 했던 것 같다. 필사된 레온 펠리뻬의 시 아홉 편 모두 기독교에 관한 것들인데, 모두 다 기독교를 비판하거나 풍자하고 있다.

> 대사제님…… 괴물, 자비심이 없는 괴물 같은 신이
> 우릴 창조했기 때문인지도 몰라요

만약 우리가 그런 신에 의해 만들어졌다면
그는 우리에게 연민을 느낄 필요가 없겠죠
인간들 사이에선 더욱 그럴 것이구요, 더욱……
생이란 열린 턱과
게걸스럽게 삼켜지는 것들 간의 먹이사슬이 아닌가요?
지렁이가 씨앗 하나를 삼키면 암탉은 지렁이를 삼키고
사람은 또 그 닭을……
왜 신은 사람을 삼키려 들지 않을까요?
사람이 얼마나 기가 막힌 먹잇감인데!
당신은 우리가 대식가인 신,
괴물 같은 신의 맛있는 음식이 될 거란 생각을
해보지 않으셨나요?
거대하고 컴컴한 터널 같은 곳에, 엄청나게 큰 식도 같은 곳에
더럽게 비틀린 미로 같은 역사의 창자를 지나 내려가고,
또 내려가고 천천히 내려가고 있음을, 생각해보질 않으셨나요?
누군가 우릴 삼켰어요
어떤 향연에서 어떤 주정뱅이가 우릴 삼켜버렸어요
계속, 영원히 삼킬 것이에요
지금까지 그랬던 것처럼 미래에도 그럴 것이에요
이게 법 아닌가요? 법 맞죠?
가끔 상상하죠—대사제님, 하긴 내 주제에 무슨 상상을!

볼리비아의 라이게라(La Higuera)에선 체 게바라를 거의 예수와 동일시한다.

하지만 상상 정도는 하죠…… 게걸스러운 괴물 같은 신이

우릴 깨끗하게 해주리란 것을

우린 항상 "역사의 이 거만한 대장"에 대한 원천과 정의를 찾아 헤매죠

신의 꿈, 신의 입김, 신의 사랑스런 교접……

여기 마지막 철학적, 실존주의적 발견이 있어요, 뭐냐구요?

음…… 그건 바로 신의 똥!

누가 항의해요? 누가 소릴 지르고 코를 막나요?

됐어, 당신네들……, 아님 뭘 원하는 건데?

대사제님, 당신이 원하는 건 또 뭐예요?

우린 전쟁 뒤에 찬미가를 노래하고 또 뭘 계속해야 하나요?

우린, 신의 똥이에요!

자, 모두 반복해봐요, 똥이라고…… 또오옹!

하지만 그 누구도 겁내지 마시길…… 이 모든 게 상상일 뿐이니

대꾸할 가치조차 없는 어느 늙고 미친 시인의 상상……

아, 약제사, 훌륭한 약제사여, 나에게 사향 1온스만 팔구려!

내 상상력에 향기를 좀 치게……

레온 펠리페의 시 「역사의 이 거만한 대장 Este orgulloso Capitán de la historia」 전문

불온성과 풍자성이 극에 달한 이 시를 읽은 뒤 사제들과 기독교에 관해 더욱 열띤 토론을 벌이는 체 게바라가 눈에 선하

다. 불의 앞에 무기력한 신, 그 신의 배설물에 불과한 인간! 체게바라로 하여금 성서 대신 펠리뻬의 시집을 머리말에 두게 만들었던 구절들이 아닐까 한다.

하지만 이와 같은 도저한 불온성도 후반부에 들면 급격하게 쇠퇴 일로를 걷는다. 아닌게아니라 후반부에 실린 다음의 시는 체가 항상 곁에 두고 읽었다는 시집 『사슴』에 수록되어 있던 작품으로 매우 어두운 분위기를 자아낸다.

회색빛아, 날 동정하지 마
네 검은 성체 를 다오, 네 마지막 빵을……
반환점도 없고 기억도 못 할 꿈.
저 검은 우물에 빠지게 내버려둬
진흙과 구더기가 있는 저, 저 아래……
생은 푸른 유령이 되고 마는 곳,
아무도 보지 못한

레온 펠리뻬의 시 「네 검은 성체를 다오 」 전문

진흙과 구더기가 있는 검은 우물에 대한 공포가 섬뜩하게 드러나 있는 시이다. 체는 어쩌면 이 시를 필사할 당시 어떤 예감을 하고 있었는지도 모른다. 이 무렵에 쓴 그의 일기 역시 읽는 이들에게 안타까움을 자아내게 한다.

“돌아가는 정세는 아무리 둘러보아도 희망이 보이지 않는다. 적들과 맞서 싸울 수도, 그렇다고 마냥 숨어 있을 수도 없다. …… 동굴 속에 감춰둔 비상식량과 의약품도 다 발각되었다. 사살된 다른 부대원들의 시체가 강물 위로 떠내려왔다. …… 대원들도 모두 영양실조와 병에 걸려 전의마저 상실한 듯하다. 어쩌면, 우린 이제 하나밖에 없는 목숨을 부지할 마지막 기회를 찾고 있는지도 모른다. 적에게 완전히 포위되어 있는 것이다. 아니다! 우리는 우리 자신에게 완전히 포위되어 있는 것이다.”

1967년 10월 8일 마지막 날, 체는 대원 중 귀가 먹어 잘 듣지 못하고 두꺼운 안경을 썼음에도 잘 보지 못하는 중국계 페루인 엘 치노를 부축해서 힘겹게 집결지로 향한다. 그러던 중 엘 치노의 안경이 땅에 떨어지게 되고 그 안경을 찾으려다 그들은 볼리비아 정부군 기관총 진지 쪽으로 들어가버린다.

다음에 소개할 시는 녹색노트의 69편의 시들 중 마지막을 장식하고 있는 69번째 시, 「항아리」이다. 필사 시점은 오로지 체만이 알 것이나, 그 시간적 한계는 1967년 10월 8일 오후 3시, 즉 체가 볼리비아 정부군에 체포되기 직전까지다.

죽음 말고는 다른 출구가 보이질 않았다……

파괴…… 꿈…… 다시 한 번 위대한 꿈…… 점토와 바람 간의 결정적인 이혼

항아리, 저 항아리, 저 거만한 항아리는 잘 만들어지지 않았어

걷잡을 수 없을 정도로 구멍이 나 있어, 사랑과 꿈의 연기들이 새나가지

그리고 똥으로 가득 찬 뱃살

이제 그 항아리 깨졌어……

천둥의 원자에 의해 쏘아진 광원자가 온 거야

이제…… 대사제님,

도자기공에게 또 다른 기회를 줘야 할 겁니다

마치 예전엔 아무것도 존재하지 않았던 양,

창세기부터 다시 시작해야 합니다

얼마나 많이 만들고 깨부수고 만들고 깨부숴야 합니까

저 거만한 항아리

인내, 희망…… 대사제님, 공……!

공을 울려요…… 공……!

다시 한 번 서문으로 돌아가, 다시 시작으로 돌아가

신이시여, 다시 한 번 손가락 사이로 부드러운 점토를 반죽하시어,

다시 둥글게 구 를 만들어요

다시 한 번 바람에게…… 콧김을, 입김을…… 호흡의 기적적인 증기를

~~후후후후~~……! ~~후후후후~~……! ~~후후후후~~……!

자 이제, 대사제님

이 세기적 경험 덕에 도자기공은 참 운이 좋네요

레온 펠리뻬의 시 「항아리」 전문

똥으로 가득 찬 항아리를 깨뜨린 도자기공에게 새로운 항아리를 만들 기회는 다시 주어지지 않았다. 1967년 10월 8일 오후 2시경, 정부군의 사격이 개시되고 마침내 체 게바라는 오른쪽 장딴지에 총알 한 발을 맞는다. 그는 곧 응사를 시도해보지만 다시 총알 한 발이 날아와 그의 M-1 소총을 관통했다. 체는 절뚝거리며 엘 치노와 함께 고원을 오른다. 장딴지에서 철철 흐르는 피를 지혈하기 위해 유황수가 흐르는 급류 인근에서 손수건을 꺼내 상처를 감싸본다. 박격포 포탄의 폭발음과 사격 소리에 적이 다가오는 소릴 듣지 못한 그는 결국 정부군의 접근을 눈치채지 못한다. 1967년 10월 8일 오후 3시경, 마침내 이 시대 가장 위대한 혁명가 체 게바라는 볼리비아 정부군의 손아귀에 넘어가고 만다.

우리는 그의 생애 마지막 일기에서 위 시의 초반부 몇 행이 주는 느낌과 비슷한 분위기를 눈치챌 수 있다.

1967년 10월 7일

게릴라전을 펼친 지 만 11개월째, 별 어려움 없는 시간들이 흘렀다. 다만 우리가 야영 중이던 계곡에 한 노파가 염소를 몰고 와 풀을 뜯게 해, 그 노파를 붙잡을 수밖에 없었다. 우린 노파로부터 볼리비아 정부군들의 동정에 관해 정확하고 유익한 정보를 별로 얻을 수 없었다. 다만 그녀에게서 얻은 정보는 우리 일행이 라이게라에서부터 약 4킬로미터, 하구에이 에서부터 역시 4킬로미터, 그리고 푸까라 에서부터 약 8킬로미터 떨어져 있다는 것이었다. 돈, 50페소를 노파에게 건넨 뒤 아무 말 말아달라고 당부를 했지만 노파가 그 약속을 지킨다는 보장은 없다. 17인의 우리 전사들은 아주 작은 달 과 함께 나왔으며, 너무나 피곤한 행군이었기에 계곡에 많은 흔적을 남겼다. ……우린 새벽 두시에 쉬기 위해 멈췄다. 더 이상의 행군은 어리석어 보였다. 엘 치노는 야간 행군 땐 정말 성가신 존재로 변한다. 부대는 이해하기 힘든 정보를 흘렸다. 우리가 피신해 있는 아세로 강과 오로 강 사이 지역에서 포위당한 우리 대원들의 통행을 막기 위해 250명의 병력을 세라노에 배치했다는 것이다. 우리를 교란시키려는 거짓 정보인 것 같다.

체와 함께 볼리비아에서 게릴라 활동을 폈던 이들 중에는 볼리비아 출신의 코코 와 인티 형제가 있다. 이 두 사람의 동생, 오스발도 페레도 는 현재 볼리비아의 산타크루스 시의원인데, 그 역시 형들을 따라 체의 볼리비아 게릴라 활동에 참여할 예정이었다. 체의 '볼리비아 일기'를 보면 "코코와 인티의 동생이 다른 동지들과 함께 곧 합류할 예정"이라는 말이 나온다. 오스발도에 의하면 체의 볼리비아에서의 패배는 볼리비아 공산당의 배신행위 때문이었다고 한다. 그 당시 많은 볼리비아인들이 체 게바라 대열에 합류할 생각으로 쿠바에서 군사훈련을 받았는데, 볼리비아 공산당의 방침에 따라 대부분 체가 기다리고 있던 낭카와수 전장으로 가지 않고 이탈했다는 것이다. 어떻게 보면 그 병력들은 체의 마지막 희망이었는지도 모른다. 어쨌든 체를 스탈린주의와 그 이념을 달리하는 '모택동주의자'라고 힐난했던 볼리비아 좌익세력의 비협조가 그에게 치명타로 작용한 것만은 사실이다. 하지만 첫 단추부터 잘못 끼워졌는지도 모른다. 볼리비아 민중은 쿠바 민중보다 더 무지했으며 다들 공포에 휩싸여 있었다. 쿠바의 게릴라 대원들도 대부분 문맹들이었지만 체는 "글을 모르면 총을 잡는 이유를 이해하지 못한다"면서 심지어 담배를 달라고 요구하는 대원들에게 서면으로 요구하라고까지 했다. 결국 담배를 피우기 위해서라도 게릴라 대원들은 글을 익혀야만 했고, 그 결과 그들은 총을 잡는 이유를 깨달을 수 있었던 것이다. 하지만 볼리비아에서는 사정이 달랐다. 글을 가르칠 여건도 못 되었지만, 그보다 볼리비아 민중은 왜 이방인인 체가 그들을 위해 싸우는지를 이해하지 못했다. 게다가

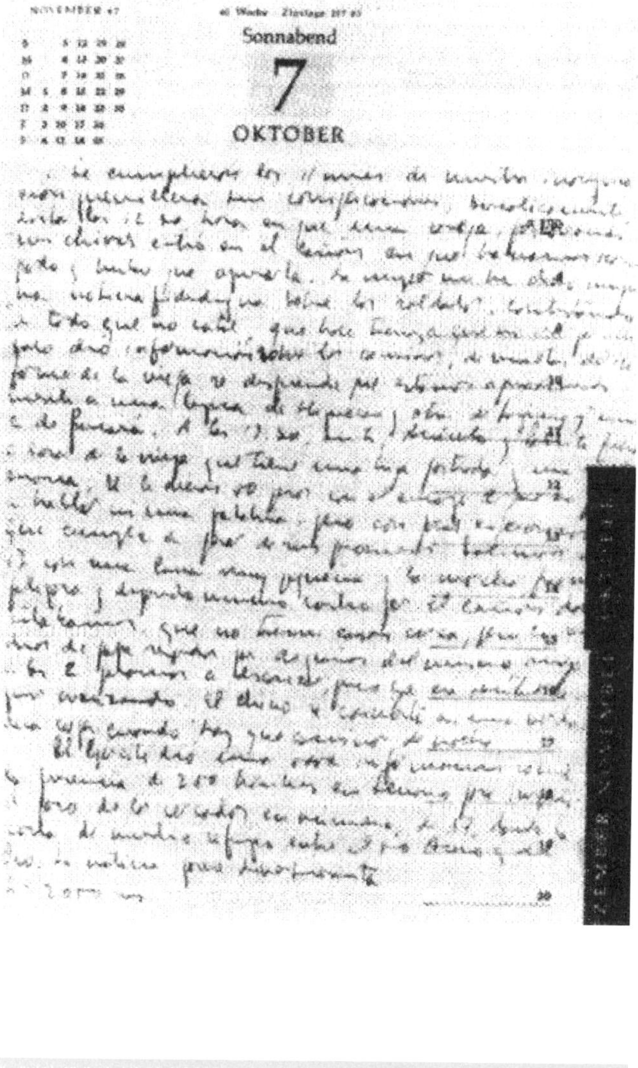

체 게바라 생애 마지막 일기인 1967년 10월 7일자 일기

쿠바의 시에라 마에스트라 전투, 산타클라라 전투에서와는 달리 굳건한 동지 피델도 함께하질 않았다. 볼리비아에서의 체는 한마디로 풍차를 향해 돌진하는 외로운 돈키호테였던 것이다.

다음에 소개할 시는 레온 펠리뻬의 시 중 최고의 걸작이자 체 게바라 사후에 붙여진 그의 마지막 별명, '라틴아메리카의 돈키호테'에 썩 잘 어울리는 메타시, 「대모험 La gran aventura」이다. 69편 중 67번째 필사된 시로 체의 혁명 인생을 개관해주는 느낌이다. 736행의 서사적 장시이니만큼 그 극적상황에서 필사조차도 힘들었을 것인바, 어쩌면 그는 이 시의 필사와 함께 시의 서두에서의 돈키호테처럼 생애 마지막 꿈을 꾸고 있었는지도 모른다.

체는 가슴까지 구부러진 수염을 손으로 세우곤 눈을 감는다.

"사령관님 주무시나요?"

체는 의자 위에서 뒤척이고, 그의 대원 엘 치노는 그가 몽유병 환자처럼 말하는 걸 듣는다.

"우린 아주 많이 걸었어, 세기와 세기를 말이야, 지구상 모든 마을을 돌아다녔지. 역사의 모든 승리와 패배를, 하지만 엘 치노, 아직 우리의 '대모험'은 시작되질 않았어."

"대모험이라뇨?"

엘 치노가 묻는다. 하지만 체는 답이 없다. 가슴에다 머리를

1967년 10월 8일 오후 3시 30분경, 볼리비아 정부군에 총상을 입은 채 체포되는 체 게바라. 왼쪽은 미국 CIA 첩자 펠릭스 로드리게스(Félix Rodríguez). 그는 체의 쿠바 국립은행 총재 시절 부하로 일했었다.

묻곤 다시 눈을 감는다.

"꿈꾸고 계시나요, 사령관님?"

"그래, 맞아 꿈을 꾸고 있어! 꿈!…… 꿈! 어쩌면 대모험에 관한 꿈일지도 몰라! 만약, 오늘 그 대모험이 있게 된다면 무대를 준비해야 해. 멋있는 경치 하나가 필요해. 위대한 무대장치사를 불러! 그리고 기술자 하나 더! 자, 시작하자구."

세숫대야, 낡은 투구, 후광……

이것들이 바로 명령이다, 산초.

저기 두 사람이 온다

기사와 그 종자……

클래식한 기마 자세로

저기 온다

저 앞 큰길……

천천히, 조용히……

돈키호테는 멀리 지평선을 살핀다

로시난테는 갑자기 몸부림을 치면서 간질병을 앓듯

머릴 흔든다

낌새가 수상하다

로시난테가 스치는 바람에 무슨 냄새를 맡았나?

고조되는 흥분,

냄새가 코를 아리게 하나 보다

저기 하늘은 파르르 떠는 한 장의 빨간 함석이다……

빛과 공기, 모두 떨고 있다

멀리 뭔가 춤을 춘다

돈키호테는 투구를 이마까지 눌러쓰고

숨을 깊이 들이마신 뒤

안장에서 엉덩일 치켜들곤

창을 똑바로 세운 뒤 머릴 곧추세워

딱 한 곳만을 바라본 채, 어딘지도 모른 채,

몽유병 환자처럼 그의 미치광이 일생 중 가장 활활 불붙는 시점인 양

최대한 눈을 크게 뜨고 외친다

(그의 목소리는 뜨거운 하늘 아래 옴폭 들어간 함석판까지 파르르 떨게 한다)

-저기 있어!!!

저기 온단 말이야!!! 보이지, 산초?

그의 종자는 땀과 흙으로 범벅이 된 이마에다 손을 얹고 챙을 만들어

한쪽 눈으로 윙크하듯 저쪽 먼 길을 조심스레 바라본다

그러곤 이내 백전노장인 종자는 흥분한 어조로 말한다

–맞아요, 맞아! 맞다구요!!

그예요, 바로 그!

바로 그 기사, 돈 맘브리노……!

머리 위에 쓰고 있는 건 그냥 이발사의 세숫대야가 아니라구요

진짜 투구라구요! 그것도 금으로 된 투구……!

정말 전시, 실전에서 쓰는……

우리도 그와 함께 갑시다!!

–아니야! 조용히 해, 산초. 조용히 하란 말야!

–아이쿠, 가요! 함께……

종자는 계속 고집을 피운다

–왜 그렇게 겁을 먹나요? 주인님이 지금처럼 겁먹은 적이 없는 걸요

–입 닥치라고 하지 않았느냐, 산초.

돈키호테는 로시난테의 고삐를 다짜고짜 당기며, 정지시킨다

둘은 기다린다

돈키호테는 손에 들고 있던 창을 내리고

다시 한 번 뚫어져라 바라본다, 광기와 초자연적인 눈빛으로 ……

이어 가늘게 떨면서 입을 열기를

–저기 오는 이는 누군가? 어디서 오는 걸까?

땅 아님 하늘? 진동이 하도 강하여 지평선이 쫙 펴지다가 도르륵

말리고 있구나

지평선이 없어, 지평선이 사라져버렸다구! 누가 오고 있는 거야? 누가……?

돈키호테는 계속 외친다

-맘브리노요!

판초가 반복한다

-아니야, 산초! 맘브리노가 아니야, 머리 위에 쓰고 있는 건 투구가 아니란 말야!

-그럼 뭐예요?

-금은 결코 저토록 반짝이질 않아, 그건 금보다 훨씬 값진 것이야

마치 하늘에서 내려오는 후광 같은, 현기증이 날 정도의……

그걸 머리에 쓰고 다니는 이는 결코 유랑 기사일 수가 없어

-그럼 누군가요?

-몰라…… 천사 같아…… 머리에 불을 이고 다니는……

돈키호테는 더 이상 눈앞에 펼쳐진 광경을 묘사하는 데 한계를 느낀다

-이제 와요, 왔어…… 지나가요…… 엄청 빨리 지나갔어요……

산초가 놀란 표정으로 눈알을 좌에서 우로 굴리며 말한다

(갑자기 번개가 치고 둘은 말안장으로부터 떨어져버린다)

시인이 막간을 이용해 중간 설명을 한다

무슨 일이 벌어졌나?

누가 지나갔지?

지나간 이는 빛의 광채에 녹아버려 형체가 보이질 않아

오! 기적을 이삭처럼 자라게 하는 카스티야의 환상적인 요술 빛이여!

땅에 떨어졌던 기사와 그 종자가 일어났을 땐, 이미 그들의 말은 사라지고 없다

-로시난테는 어디 있어?

로시는 어딜 간 거야?

산초가 이리저리 찾아보지만 무기들도 오간 데 없다

투구도,

창도,

칼도,

방패도……

돈키호테는 찢어지고 더러운 양말 한 짝과

한 세기를 입은 듯한 낡은 조끼 하나 외, 거의 발가벗고 있다

하지만…… 그의 머리에는…… 뭐지?

산초는 더 이상 그를 알아보지 못한다

그를 경이적인 눈빛으로 바라보며 전율한다

-산초, 무슨 일이야? 돈키호테는 그런 그에게 오히려 의아하다는 듯 묻는다

-주인님, 대체 당신은 어떤 존재이십니까?

광채가 일어나요, 빛을 입으셨다구요…… 빛. 불의 왕관을 머리에 쓰신 듯……

(신성한 광기에 의해 타고 있던 뇌가 마침내 오로라 혹은, 번쩍이는 왕관을 꽃피운 것 같다)

돈키호테는 겸손히 머리를 숙이며 성호를 긋는다…… 이어 아주 침착하게 기도한다

-무슨 기도입니까? 단지 낱말들만 낭랑하게 들릴 뿐이니……

시인이 불쑥 개입한다

돈키호테가 답한다 -당신의 왕국으로 오세요

-방금 지나간 이는 천사야, 난 이미 그가 맘브리노가 아니란 걸 잘 알고 있었지

돈키호테의 회심에 찬 미소에 산초가 확신을 갖고 맞장구친다

-맞아요, 돈 맘브리노가 아니었어요!

-천사였어, 평화의 천사. 그래서 우리 무기들을 가져간 거야, 갑옷도……

그리고 투구도 바꿔놓았어, 아직도 내 이마에 잔재하는 이 빛으로……

우리 무기들을 모조리 가져가버리시곤 대신 님의 왕관을 남겨두신 거야

돈키호테는 불타는 하늘을 향해,

말라붙은 독수리대가리 모양의 나사렛 헤어스타일의 머릴 치켜든다

빰을 타고 흐르는 눈물엔 태양이 무지개 빛깔로 부서지고……

마치 늙은 그리스도처럼 보인다, 공수병 걸린 개가 물어뜯어놓은 듯한,

아주 못생기고 낡은 공예품 예수처럼……

찾는다고, 다시 찾고 또 찾는다고

피와 신비의 사발 속에 넣고 빻아 세기와 세기의 그림자로 반죽한

이 기이한 물질 속에 무슨 신성한 다이아몬드라도 들어 있다고,

날카로운 끌로 후벼 파놓은 듯한, 이게 바로 지금의 돈키호테와 흡사한

내가 사랑하는 스페인의 그리스도다…… 바야돌리드의 성상 조각가들이 만드는

그 그리스도가 아닌……

스페인의 성상 조각가들은 유리의 눈물로 예수를 만들어 겨우 빛이 날까 말까 하지만

카스티야의 이 빛은 진정 눈물 한 방울에도 이렇게 번쩍인다구!

여기서 난 배웠지, 아주 옛날, 또 그렇게 되뇌길 좋아했지

왜 우리들의 눈은 보고 울기 위해 만들어졌을까?

왜 소년은 처음으로 씁쓸한 눈물 한 방울에서 태양광선이 부서지고 또 거기서 일곱 마리의 새와 일곱 도깨비 색깔들이 밖으로 뛰쳐나옴을 알게 되는 걸까?

난 월급쟁이 성상 조각가들이 찍어내는 유리 눈물의 괴이한 그리스도들을 원치 않아

그것들은 기껏 대모 들을 놀라게 하거나 농군들을 현혹시킬 뿐이지

이따위 그리스도들은 필요 없어, 모두 다 꺼져버리라고 해!

난 늙고 추하지만 진정으로 우는 예수가 좋아

-기사님들도 우시나요?

-그럼…… 기사도 울지! 울고말고!

왜 우는지, 누굴 위해 우는지는 모를 일이지만, 진정으로 울지

진정으로 울지 않으면 시가 없어!

이 시를 쓰는 시인도 늙고 못났어……

그 또한 울지. 하지만 그 또한 왜 우는지를 모르지……

하지만 진정으로 울지 않으면 그에게도 시가 없어!

인간은 이상한 동물이야, 어느 날 울곤 더 이상 울지 않아……

왜 우는지도 몰라, 누구를 위해서인지도, 눈물이 뭘 의미하는지도……

돈키호테가 머릴 땅 쪽으로 돌리며 그의 종자에게 묻는다
–산초 나의 친구여, 이게 뭘 의미하는 것 같나?
산초는 무릎 꿇고 울면서 그의 손에 입을 맞춘다
그렇게 둘은 조용히 머문다. 꿈쩍도 않고……
마치 인간들의 피의 역사 속, 그 시간의 단면에 정지해버린 듯

–이제…… 주인님, 우린 어디로 가야 하나요?
종자가 말한다
……
정지!

레온 펠리뻬의 시 「대모험」 부분

녹색노트의 시 69편 중 오직 위의 시만이 저자 표시가 되어 있다. 레온 펠리뻬를 몰라서 그런 건 아닐 텐데, 왜 그랬을까? 서사적 장시다운 모양새를 갖추고자 시인의 이름을 적어둔 건 아닐까? 위 시가 시인이 시를 쓰는 과정을 내용으로 하는 일종의 메타시임을 감안할 때, 시인의 역할이 그만큼 중요한 만큼 영화 자막에 주인공 이름을 처리하듯 적어둔 건 아닐까? 확실한 게 있다면 체 게바라가 이 시에 각별한 애정을 표했다는 것이다. 살벌한 전투는 그에게 마치 대상 이 사막에서 오아시스를 갈구하듯 정신적 여유를 요구했을 것이다. 하지만 풀뿌리만

을 씹으며 총 736행, 보통시보다 20배 이상 긴 장시를 필사할 수 있었을까. 혹 개미핥기와 돼지를 반반 닮은 안데스의 동물인 맥을 사냥해 바비큐로 먹은 뒤, 그 포만감으로 펜을 잡지는 않았을까(체의 일기 1966년 12월 16일자에 맥을 사냥한다는 말이 나온다). 그러곤 재미난 영화를 감상하듯 펠리뻬만의 특유의 해학과 유머에 모처럼 키득거릴 수 있지 않았을까.

쿠바 작가 알레호 카르펜티에르 는 일찍이 그의 저서 『이 세상의 왕국 』에서 '경이로운 사실 '에 관해 언급했다. 그는 곧 1960년대 라틴아메리카붐 소설, 특히 마술적 사실주의 경향을 띠는 마르케스 등 중남미 소설가들에게 지대한 영향을 끼치게 된다. 마술적 사실주의의 특징 중 하나는 현실에서는 일어나기 힘든 일들이 작품 속에선 아무렇지도 않게 일어나며 작품 속의 인물들은 이를 자연스럽게 받아들인다는 것이다. 그중엔 현실이 너무나 경이로워 마치 마술처럼 느껴지는 것도 있지만 반대로 경이로운 허구가 마치 현실에서 일어나는 사실인 양 묘사되기도 한다. 결과적으로 무엇이 현실이고 무엇이 환상인지 언뜻 구분이 가지 않으며, 그 구분 역시 별 의미가 없을 수 있다. 체 게바라는 이 '경이로운 사실'의 영향을 받았다. 아프리카 혁명을 위한 콩고에서의 전투는 특히 위 시가 말하는 "기적을 이삭처럼 자라게 하는 카스티야의 환상적인 요술 빛"을 필요로 하는 대모험이었건만, 그는 풍차를 향해 돌진하는 돈키호테처럼 모든 것을 현실로 받아들였던 것이다. 하지만 그의 모험은 결코 모험에 머물지 않았다. 그 결과 콩고에서도, 볼리비아에서도, 아르헨티나와 칠레에서도 기적처럼 민주정부가 들어서기 시작한 것이다.

사르트르는 체 게바라를 일컬어 '금세기 가장 성숙한 인간'이라 했지만 필자는 그를 햄릿과 돈키호테의 장점을 지닌 뜨거운 가슴과 차가운 머리의 '기사형 혁명가'라 칭하고 싶다. 레온 펠리뻬는 체가 그렇게도 좋아했던 돈키호테의 말, 로시난테의 울부짖음에 관해 언급하면서 다음의 몇 구절을 바친다.

"넌 항상 사도서나, 성서에 나옴 직한 용병대장이다. 용감하고 씩씩한 아이, 3중 공중회전도 넘을 줄 아는……."

「대모험」은 체의 성품을 가장 잘 보여주는 시다. 그는 동물을 사랑했다. 돈키호테의 삐쩍 마른 로시난테는 그의 불멸의 마스코트였다. 흑기사가 타고 다니던 혈통 있는 말도 아니요, 인디오들이 신성시하던 맹수의 상징 재규어도 아닌, 쓰러질 듯 비실거리는 말, 그 앙상한 로시난테를 사랑했던 체는 분명 해학과 낭만을 즐기던 휴머니스트 혁명가였다.

체가 라틴아메리카를 일주할 때 타고 다녔던 모터사이클의 이름은 '포데로사Poderosa'였다. 여기서 포데로사는 로시난테를 가리키는 말로 스페인어의 원뜻은 '힘이 센'이란 형용사이지만 로시난테나 체의 오토바이는 그 반대였다. 체에게 있어선

약자가 오히려 강자였으며, 그중에서 제국주의 아래 핍박받는 힘없는 민중들이 가장 힘 있는 존재였다. 콩고로 떠나기 전 그의 부모에게 띄운 편지에서도 체는 그 로시난테에 관해 한마디 했었다.

"사랑하는 부모님, 다시 한 번 저의 로시난테에 박차를 가해야 할 때가 왔음을 느낍니다. 칼과 방패를 들고 또다시 장정에 오를 겁니다. 못난 아들이 군인이 되기보다는 훌륭한 의사가 되기를 바라고 계셨음을 잘 알고 있습니다. 하지만 이제 의사는 더 이상 저의 희망이 아닙니다. 훌륭한 의사는 못 되었지만 훌륭한 군인은 되었으니까요. ……민중해방을 위해선 무장투쟁밖에 없다고 생각하고 그리고 이 믿음을 끝까지 지킬 겁니다. 많은 이들이 저를 무모한 돈키호테라 여기고 있음을 잘 압니다. 맞습니다. 하지만 돈키호테는 자신의 올바른 신념을 지키기 위해 목숨을 바친 모험가이기도 하지요.

어쩌면 이번이 마지막일 수도 있습니다. 그렇지 않길 바라지만 왠지 그리될 가능성이 높은 것 같습니다. 그렇게 된다면 이것이 마지막 포옹이 담긴 편지가 되겠네요……. 고집 세고 무례한 아들, 에르네스토 올림."

배낭의 주인

1967년 10월 8일, 정부군 가리 프라도 대위는 곧장 바예그란데 에 라몬 (체의 볼리비아에서의 별명)을 유로 협곡에서 체포했다고 보고했다.

오후 5시 30분경, 체 게바라와 그의 대원 윌리와 엘 치노는 손이 묶인 채 험한 계곡 사이로 끌려가느라 무척 고통스러워한다. 가파른 길에서 볼리비아 정부군 병사 호르헤 끼로가 가 체 게바라를 부축해준다. 다른 군인들이 시체를 들고 뒤따라오고 헬리콥터를 타고 온 안드레스 셀니치 대령과 미겔 아요로아 소령이 행렬에 합류한다. 라이게라 마을 대표인 아니발 끼로가 (그의 아들이 체 게바라 일행의 위치를 군에 밀고함)가 시체를 싣고 갈 노새 주인들인 농부들과 함께 그 뒤를 따른다.

곧이어 사령부에서 무전이 날아온다. 볼리비아의 산골 라이게라에서 약 60킬로미터 떨어진 바예그란데로부터 체 게바라의 체포에 대해 확인을 요구해온 것이다. 체포조는 확실히 체의 신병을 확보했다는 뜻으로 "라몬의 추락을 확인합니다"라고 무전을 친 뒤 다음 명령을 기다린다.

잠시 후 체의 체포를 못 믿겠다는 듯, 새로운 무전이 바예그란데 지역연대장 센테노 대령으로부터 라이게라에 있는 셀니치 대령에게로 온다.

"페르난도 500, 살아 있음 600, 죽었음 700." *

이 내용은 처음엔 모스 부호로 도착하나 이어 무전기로 또 한 번 교신된다. 셀니치는 답신을 보낸다.

"우리는 500의 신병을 확보했으며, 최종적으로 600을 할 것인가 700을 할 것인가를 기다리고 있음."

잠시 후 사령부로부터 답신이 온다.

"페르난도 600." 즉, 체 게바라를 살려두라는 명령이 떨어진 것이다.

* 체는 볼리비아 모스케라 강 유역 마을 사람들의 이를 뽑아준 이래 '치과의사 페르난도(Sacamuelas Fernando)'로 불리게 되었는데, 나중엔 '치과의사'는 빠져버리고 그냥 페르난도로만 불리게 되었다. 체의 일기 1967년 6월 21일자에 이에 관한 내용이 언급되어 있다. "이틀간 여러 사람들의 이를 뽑아줬더니 다들 나를 '치과의사 페르난도'라고 부른다."

지금은 교단에서 물러나 바예그란데에서 가정주부로 살고 있는 40년 전 그 작은 시골학교의 신참교사였던 훌리아 코르테스 Julia Cortez 는 아래와 같이 증언했다.

"오후 어스름 무렵이었어요. 체가 다른 한 명의 포로와 함께 잡혀와 학교 교실에 갇히자 마을 사람들이 호기심에 차 모여들었지요. 하지만 군인들이 체 게바라에게 가까이 가는 것을 막았기에 감히 누구도 그에게 접근하려 들지 않았습니다. 그러나 저는 예외였지요. 그 학교 선생인데다 열아홉의 젊고 예쁜 처녀였기에 군인들이 막지 않았는지는 모르겠지만……. 그때 체는 두 손, 두 발 모두 꽁꽁 묶여 있었어요. 그렇게 교실 벽을 바라보는 자세로 의자에 앉아 있더군요. 그의 몰골은 말이 아니었습니다. 헤지고 찢어진 누더기 옷에다, 신발은 군화가 아닌 소가죽으로 만든 모카신을 신고 있었어요. 얼굴은 창백했고 다리는 총상을 입어 천으로 감싸져 있었어요. 병사들이 자리를 비운 틈을 타 전 그와 얘기를 나눴죠. 그가 결혼했는지, 아이들은 있는지 물어봤어요. 그는 그렇다고 대답했어요. 그에게 왜 이런 투쟁을 시작했느냐고, 그리고 가족들은 그의 투쟁에 대해 어떻게 생각하느냐고 물었더니 그는 '나의 이상이 그 무엇보다 앞섭니다'라고 답했습니다. 덧붙여 '살아서 밖으로 나간다면 당신 같은 사람들의 미래를 위해 더욱 열심히 일하겠다'고 말했습니다."

훌리아는 체 게바라와 밤늦게까지 이야기를 나눈 결과 서로 친구가 될 수 있었다면서 다음과 같이 증언을 이어나갔다.

"체는 학교 교실 벽을 둘러보더니 이렇게 말했어요. '쿠바엔 이런 학교가 없어요, 마치 감옥 같군요. 어떻게 이런 곳에서 농부들의 자녀들이 교육을 받을 수 있단 말입니까? 결과적으로는 오히려 반교육적입니다.' 그의 말에 제가 '나라가 가난하니까요'라고 답했더니 그는 그에 대한 이유를 설명해주더군요. '민중들이 굶주림에 허덕이는 동안 정부 관료들과 군 장성들은 고급 차와 사치품들을 구입하느라 돈을 마구 낭비하기 때문'이라구요."

1967년 10월 8일 밤, 볼리비아 정부 고위층은 '600'인가 '700'인가에 대해 다시 심사숙고하기 시작한다. 참모총장 라푸엔테 쏘또 장군과 보안사령부 소속 아라나 세라도 중령은* 국방장관인 알프레도 오반도(Alfredo Ovando) 장군을 찾아간다. 그 모임에선 아무런 결과가 나오지 않지만 밤 11시 30분경, 갑자기 레네 바리엔토스 볼리비아 대통령으로부터 "대통령의 명령, 페르난도 700"이 하달된다. 체를 제거하라는 워싱턴의 최종결정이 담긴 쪽지가 볼리비아 주재 미

* 라푸엔테는 키가 작고 오랑우탄처럼 생겼으며 텁수룩한 수염에 별명이 착암푸(Chakampu), 케츄아말로 털보란 뜻으로 시니컬한 미소와 광부들의 학살자로 유명하고, 아라나는 검은 피부에 기형적으로 길고도 굵은 목으로 인해 공룡이란 별명을 갖고 있다.

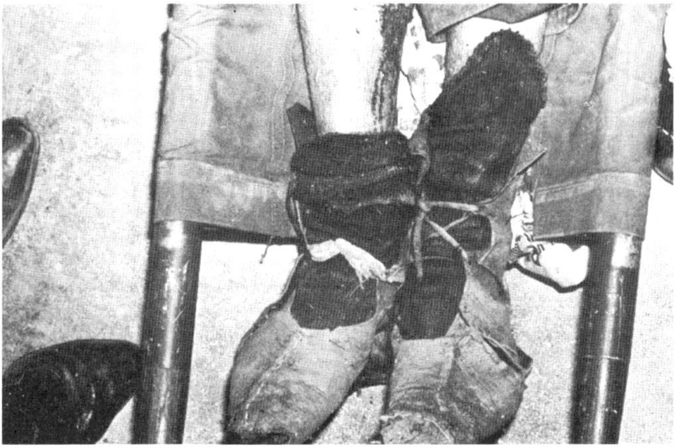

훌리아 코르테스의 증언처럼 체포 당시 체는 봉두난발이었고 발에는 직접 기워서 만든 모카신 (인디오들이 신고 다니는 가죽신)을 신고 있었다. 리오그란데 강(볼리비아)을 건너다 군화를 물에 빠뜨렸기 때문이다.

국대사 더글러스 헨더슨에 의해 바리엔토스에게 전달되었기 때문이다. 이 명령은 즉각 바예그란데에 있는 센테노 대령에게 전해졌다. 그는 다시 라이게라에 있는 셀니치 대령과 아요로아 소령에게 "대통령의 명령, 페르난도 700"을 전신으로 보낸다.

10월 9일 아침 바예그란데로부터 센테노 대령과 CIA 요원 펠릭스 로드리게스가 체가 감금되어 있는 라이게라 학교로 왔다. 수행기자들이 지쳐 있는 체의 마지막 모습을 찍기 위해 그들에게 허락을 구한다. 펠릭스 로드리게스는 기자들에게 사진 찍기를 허락하곤 고성능 무전기로 사령부와 교신을 한다. 옆에서 있던 센테노 대령은 체의 배낭이 있는 쪽으로 다가와 배낭을 열고선 유별난 관심을 보인다.

오전 10시경, 마침내 체를 사살하라는 암호 "다들 페르난도에게 인사를 하시오Saluden a Fernando"가 라이게라에 전달된다. 체에게 마지막 식사로 땅콩수프를 가져다준 훌리아 코르테스는 마지막 날 오전을 다음과 같이 회상했다.

"무장 군인들은 체 게바라를 데리고 교실 밖으로 나가더니 사진을 찍었어요. 마을 사람들은 먼발치에서 호기심 어린 눈길로 그를 지켜봤지요. 체는 마치 아는 누군가를 군중 속에서 찾는 양 좌우를 둘러봤어요. 그러곤 저를 발견하곤 고개를 가볍게 끄덕였습니다. 사진을 찍은 뒤 군인들은 다시 체를 교실 안으로 끌고 갔어요. 잠시 후 저도 따라 들어갔습니다만 체와 이야기를 나누지는 못했어요. 그 역시 군인들이 지켜보는 앞에서는 저와 이야기를 나누는 걸 삼가려는 눈치였어요. 그래서 그냥 집으로 돌아왔습니다."

10월 9일 오전 11시경, 3명의 하사관들이 밀짚으로 제비뽑기를 했다. 그 결과 마리오 테란 은 체를, 베르나르디노 우안타 는 윌리와 엘 치노 의 처형을 맡게 된다. 얼굴을 유독 찡그리고 있던 마리오 테란에게는 체를 사살하면 시계 하나를 선물함과 동시에 웨스트 포인트 사관학교 연수를 약속했다. 하지만 그 약속은 끝내 지켜지지 않았다.

오후 1시경, 마리오 테란은 체가 있는 방에 벨기에제 UZI, 일명 M-2 소총을 들고 나타난다. 차분히 의자에 앉아 기다리고 있던 체를 일으켜 총을 쏘려 하지만 체의 눈을 보고선 감히 방아쇠를 당기지 못한다. 체는 그런 그에게 오히려 소리친다.

"총을 쏴, 넌 단지 한 남자를 죽일 뿐이야! 쏘라구, 겁 먹지 말구!"

그 말에 더 겁을 먹은 마리오 테란은 잠시 총을 거둔다. 마리오 테란은 훗날 마지막 장면을 이렇게 회상했다.

"체 게바라의 눈이 강하게 빛났습니다. 난 그에게 매료당했지요. 크고 위대한 모습이었습니다."

사람들이 마리오 테란에게 술을 먹여보지만, 여전히 그는 방아쇠를 당기지 못한다. 그 순간, 옆방에서 총소리가 연이어 들린다. 체는 그의 대원들, 윌리와 엘 치노가 사살되고 있음을 느낀다.

1967년 10월 9일 오후 1시 10분, 셀니치 대령과 아요로아 소령이 마리오 테란에게 빨리 임무를 수행하라고 재촉한다. 마침내 테란은 눈을 질끈 감곤 방아쇠를 당긴다. '탕……!' 이어 CIA 요원 펠릭스 라모스Felix Ramos가 체의 몸에다 또 한 방을 쏜다. '탕……!'

그의 나이 39세였다. '무릎 꿇고 살기보다는 서서 죽겠다'고 했던 전사 체의 마지막 순간이었다. 체는 살해 당시 마리오 테란에게 눈을 부릅뜨고 소리친 탓에 뜬 눈으로 죽게 된다. 후에 로저Roger Schiler 신부가 눈을 감겨주었지만 시신 수송 도중 헬리콥터 프로펠러 바람에 의해 또다시 부릅뜨이게 된다.

윌리(Willy, 1932~1967). 볼리비아 광산노조 출신으로 본명은 시메온 쿠바(Simeón Cuba). 모이세스 게바라가 이끄는 볼리비아 광부 12명과 함께 1967년 2월 체 게바라의 혁명기지인 낭카와수 강변에 도착했다. 운명의 날인 1967년 10월 8일 체 게바라와 함께 부상당한 뒤 체포되어 다음 날 체 게바라보다 조금 앞서 처형되었다.

페르난도, 700 이후

1997년, 32년 만에 유해로 돌아온 체 게바라는 쿠바의 산타클라라 기념관에 안치되었다. 그의 부대가 바티스타 정부군을 물리친 산타클라라 전투 후 39년, 콩고혁명을 위해 쿠바를 떠난 지 32년 만의 일이다.

체의 유해 발굴은 기적같았다. 체의 유해는 볼리비아 산타크루스 서쪽 240킬로미터 떨어진 바예그란데 공항 부근 공동묘지에서 발견되기까지 30년간 갖은 추측만을 낳았다. 볼리비아 정부군이 체의 주검을 헬리콥터에 실어 아마존 밀림에 버렸다는 소문 때문에, 이미 짐승들의 밥이 돼버렸을 것이라 결론을 내리기까지 했다. 유해 발굴 작업이 어려웠던 또 다른 이유 중 하나는 볼리비아 정부가 그에 관한 정보를 차단했기 때문이다.

하지만 쿠바인과 아르헨티나인으로 구성된 조사팀은 끈질긴 추적 끝에 처형 후 체의 시신을 바예그란데 근처로 옮겼다는 당시 트럭 운전사의 증언을 확보할 수 있었다. 그 지역을 집중 탐사한 결과 조사팀은 마침내 사체의 부패를 방지하기 위해 그 옛날 호세 마르티네스 까소 박사가 체의 목 부분에 주사한 포르말린 성분이 든 그의 유골을 발견하게 된다. 다음은 1997년 7월 13일, 잡지 『마가진 』에 실린 호아낀 이바르쓰 의 글을 인용한 것이다.

체 게바라의 유골을 찾는 일은 바예그란데 모든 사람들의 바람이었다. 쿠바의 10인의 전문가들로 구성된-세 명의 지구물리학자, 한 명의 지질학자, 한 명의 탐사전문가, 한 명의 측지와 지도전문가, 한 명의 사회역사학자, 한 명의 검시관, 한 명의 고고학자와 한 명의 고고인류 감정전문가 등-조사팀은 연이은 발굴 작업의 실패로 좌절에 빠져 있었다. 하지만 조그마한 가능성도 배제하지 않았다. 누군가는 바예그란데 비행장 부근에 체의 시체가 묻혀 있을 것이라 했고, 누군가는 CIA가 외국으로 체의 시신을 가져가버렸다고 했으며, 또 누군가는 화장을 해서 그 재를 마을 근처에다 뿌렸다고 했다.

20년 이상 바예그란데에서 생활하고 있는 에릭 브로셀 은 베니그노 대령으로 더 잘 알려진 다니엘 알라르콘 의 방문을 받은 바 있다. 다니엘은 체의 대원 중 지금까지 생존해 있는 3인 중 한 사람이다. 그는 쿠바에서 정부요직을 맡고 있던 중, 수년 전 파리로 망명해버렸다. 카스트로를 비판하는 책을 쓰기 위해서였다.

다니엘은 바예그란데에 체가 묻혀 있다고 했다. 바예그란데로부터 다른 곳으로 시체를 옮겼지만 후에 다시 바예그란데로 가져왔다는 것이다. 그 사실을 어떻게 알 수 있었느냐는 브로셀의 질문에 그는 그처럼 쿠바 정보국 대령으로 오래 일하다 보면 그 정도는 알 수 있는 일이라고 답했다.

"CIA는 체의 머리만을 잘라서 가져가려 했습니다. 그때 한 볼리비아 정부군 장교가 볼리비아에선 사체에 대한 존중심을 표해야만 한다고 해서, 머리를 자르지 않은 채 시체를 통째로 가져갔던 겁니다."

1967년 3월부터 11월까지 체 게바라의 대원 중 35명이 전사했으며, 그중 15명이 쿠바인이었다.

드디어 1995년 12월 3구의 유해가 발굴되었고, 익년 3월 또 한 구가 발견되었다. 그 후 발굴에 박차를 가해 그들 10인의 전문가들은 체의 유해를 찾기 위해 지난번 시체들이 발굴된 장소를 중심으로, 하나하나 손바닥으로 쓸어가며 꼼꼼히 조사하기 시작했다.

1995년 12월, 쿠바 법의학연구소장 호르헤 곤살레스 Jorge González 는 이 일을 아주 역사적으로 중요한 작업으로 인식하고 체 게바라 전문가인 마리아 델 카르멘 아리에트 María del Carmen Ariet 박사에게 특별히 부탁을 하게 된다.

중간에 둥글게 표시된 부분이 체의 유골을 발굴하기 위해 탐색한 지역이다. 그 면적이 무려 20 헥타르에 달한다.

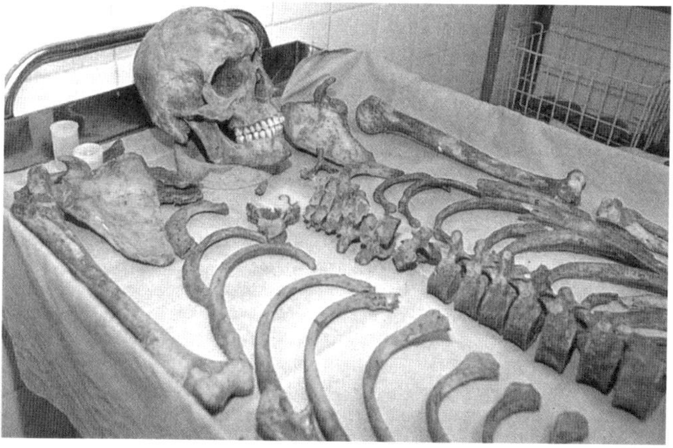

발굴 당시 유골엔 두 손의 뼈가 없는 상태였다. 살해 당시 양손을 잘라 쿠바로 보내버렸기 때문이다. 조사단은 곧 관련자들의 증언과 과학적 조사를 통해 이 유골이 체의 것임을 입증했다. 그리고 체는 마침내 머나먼 혁명 여정을 마치고 제2의 고향인 쿠바의 산타클라라에서 영면하게 된다.

1995년 11월, 볼리비아 장성 마리오 바르가스 장군의 "체가 활주로에 묻혔다"는 증언이 있은 뒤, 아리에트 박사는 책, 지도, 잡지 그리고 증인들의 증언을 토대로 20헥타르에 달하는 지역, 즉 공동묘지 인근 공항의 낡은 활주로 부근을 집중적으로 탐사하기 시작했다.

1996년 12월, 바예그란데에 쿠바 전문가들이 도착해 지도와 지형도를 분석하고 토양의 특징과 지하수 연구, 지표의 이상변동, 만 년 전 계곡의 형성까지 조사한 결과, 흙더미가 어떻게 활주로를 덮게 되었는지를 알 수 있게 되었다. 하지만 발굴에 어려움이 있을 거란 건 삼척동자도 알 수 있는 일이었다. 이유는 몇 구의 시체가 차지할 면적이 겨우 2제곱미터에 불과할 것이었기 때문이다. 하지만 아리에트 박사는 "이 발굴 작업에 심오하고 근본적인 혁명을 갈구하는 세대의 열망이 담겨 있다"고 말한 뒤, 마침내 체의 유골을 발굴해내고 만다.

게바라의 죽음에 피델 카스트로의 책임은 없는가? 체가 살해된 직후 카스트로는 체와 그 대원들의 유해를 쿠바로 운송해 올 것을 민중들에게 약속했다. 그리고 그 약속은 지켜졌다. 하지만 멕시코 정치학자 호르헤 카스타네다 Jorge Castañeda 가 쓴 체에 관한 또 다른 전기 『동료, 체 Compañero Che』에는 소련이 쿠바에 압력을 가해 볼리비아에 있는 체를 지원하지 말라고 했다는 구절이 있다. 말하자면 체 사망 당시, 소련은 미국의 심기를 건드리지 않기 위해 무척 애를 썼다는 것이다.

"1961년 미국은 쿠바 망명자들을 주축으로 한 게릴라 부대를 쿠바에 잠입시키려 한 일명 '피그만 침공사건'을 일으킨다. 침공을 가까스로 막아낸 쿠바 정부는 이러한 사태의 재발을 방지한다며, 이듬해 10월 소련의 핵미사일을 쿠바에 배치하는데 합의한다. 이른바 '10월 위기'다. 하지만 그 후 긴장 완화 쪽에 무게를 두게 된 소련은 미국이 텃밭으로 여기는 남미에 분란을 일으키려는 체를 곱지 않은 시선으로 바라보게 된다. 그러던 중 소련은 급기야 체의 구조를 위해 특수부대를 결성 중이던 카스트로에게 압력을 가하여 그 부대를 해산하게 만든다."

이와 비슷한 주장은 러시아로부터도 나오고 있다. 당시 남미에서 활동했었던 전 KGB 요원 니콜라이 레오노프는 한 미디어와의 인터뷰에서 "당시 소련이 카스트로뿐만 아니라 볼리비아 공산당에게도 체를 지원하지 말도록 압력을 넣었다"고 밝혔다. 하지만 카스트로는 그의 자서전에서 "체에 관해 말할 수 있어 기쁘다"면서 다음과 같이 피력했다.

"체는 전 세계의 본보기입니다. 그것이 바로 체입니다. 그 어떤 것도 파괴할 수 없는 도덕적인 힘이 그에겐 있습니다. 그의 대의명분과 사상은 신자유주의가 판을 치는 이 시간에도 승리하고 있습니다. ……그는 내가 알았던 이들 중에서 가장 고

귀하고 특별하며 사심이 없는 사람입니다. ……우리의 혁명은 문맹퇴치나 교육개발을 위한 투쟁에 많은 관심을 보였습니다. 체와 같은 인재들을 많이 배출하기 위해서 말입니다."

체가 1965년 쿠바를 떠나 전 세계를 돌아다니기 시작할 때, 피델과의 절교설, 심지어 피델이 체를 감옥에 가둬 죽이려 했다는 소문까지 떠돌았으나, 이에 대해 카스트로는 "우린 그런 소문과 음모들이 가라앉기를 조용히 기다렸다"고 말했다. 그러나 다음과 같은 말을 덧붙이는 것도 잊지 않았다.

"체는 자신이 모든 걸 알아서 했지만, 사실 그게 탐탁지 않았다. 볼리비아와 아르헨티나 혁명계획에 대해서도 조건이 완전치 않으니 볼리비아에 무력단체가 조직될 때까지 기다리라고 했건만……."

페르난도, 영원한 500으로

1. 혁명 아이콘으로서의 체

2008년 봄, 쿠바 여행 때 민박집 주인 리카르도 노인은 체 게바라에 관해 이야기를 듣고 싶어하는 필자에게 눈시울을 붉히며 말했다.

"난 체에 관한 이야기가 나올 때마다 눈물이 나요. 이 세상에 그만큼 훌륭한 사람은 없어요. 그는 예수처럼 힘없고 가난한 자를 위해 목숨을 바쳤으니까요."

체 게바라를 직접 대할 수 있었던 쿠바 노인들에게 체는 거의 신과 같은 존재다. 특히 쿠바혁명 후 장관직에 있으면서 노동자들과 벽돌 등을 함께 날랐던 그의 모습을 기억하는 세대들은 더욱 그렇다.

체는 결코 빼앗는 법이 없었다. 그는 현지 주민들에게 반드시 돈을 주고 먹을 것을 구했다. 1966년 9월 26일자 일기에서 체는 그의 일행이 새벽녘에 2,280미터 고지의 산간마을 피카초에 들어서자 "농부들은 우리를 반갑게 맞이해주었다"라고 적고 있다. 그는 인간적이었다. 결코 부상자와 병약자들을 버리지 않았다. 목숨을 걸고 일개 사단 규모의 볼리비아군이 주둔 중이던 바예그란데를 기습해 약국에서 약품들을 얻어내 병약자들을 치료하려 한 것 등이 그 좋은 예이다.

장 폴 사르트르는 "우리 세기 가장 성숙한 인간"이라 평했으며, 프랑스 대통령 프랑수아 미테랑 역시 당시 "가장 충격적이었던 일이 무엇이었냐"는 질문에 주저 않고 "체 게바라의 죽음"이라고 답했다.

중남미 지역에는 체 말고도 유명한 혁명가들이 있었다. 쿠바의 호세 마르티(José Martí), 멕시코의 판초 비야(Pancho Villa)와 에밀리아노 사파타(Emiliano Zapata), 니카라과의 아우구스토 세사르 산디노(Augusto César Sandino), 엘살바도르의 파라분도 마르티(Farabundo Martí) 등. 그럼에도 왜 유독 체 게바라만이 새로운 세기에 들어서까지 전 지구적인 관심과 사랑을 받고 있는 걸까?

페루의 소설가 마리오 바르가스 요사(Mario Vargas Llosa)는 말한다.

"쿠바혁명으로 인해 중남미 사람들은 이 땅에서도 혁명이 가능하다는 것을 알게 되었다. 그전까지만 해도 혁명은 우리 머릿속에서만 머물던 낭만적이고 먼 나라의 얘기였다. 우린 혁명을 결코 현실화될 수 없는 이상적인 개념으로만 생각했었다."

미 '제국주의'에 대항하는 '수많은 베트남'을 만들기 위해 전 세계 혁명전장을 뛰어다닌 체 게바라는 1960년대 저항운동의 상징이었다. 검은 베레모에 긴 머리칼, 덥수룩한 수염, 열정적인 눈빛의 그의 브로마이드는 당시 세계 여러 나라의 대학 기숙사 벽을 장식했다. 그의 사상적 뿌리인 마르크스주의가 동유럽 사회주의권의 붕괴로 인해 잠시 쇠퇴하는 듯했으나, 아이로니컬하게도 곧 그 반대현상이 일어났다. 소련의 붕괴 이후 오히려 '영웅'을 기리는 목소리는 더 커져만 간 것이다. 왜일까? 여러 가지 원인을 생각해볼 수 있겠지만 사르트르의 말처럼 체는 이데올로기에 갇힌 인물이 아니었다. 체가 실천한 혁명의 본질은 핍박받는 민중을 제국주의로부터 해방시키고 궁핍을 해소하는 데 있는 것이지, 이데올로기로 정의 내리는 데에 있지 않기 때문이다. 미국의 전기작가 존 앤더슨 [illegible] 의 "영웅이 필요한 불확실성의 시대가 영웅의 요소를 갖춘 그를 불러내고 있기 때문"이라는 말이 설득력을 지니면서도 명쾌하게 다가오지 않는 이유도 모두 이 때문이다.

체 게바라를 부르는 소리는 1990년대 들어서부터 커져왔다. 체가 '혁명의 고향'으로 삼았던 쿠바에서는 거리마다 온통 '체 게바라'다. 수도 아바나는 물론이고 전국 곳곳에 그의 포스터가 난무하며, 거리는 체 게바라의 얼굴이 든 지폐나 동전, 기타 공예품들을 관광객들에게 팔려는 사람들로 북적댄다. 체처럼 시가를 물고 베레모를 눌러쓴 중년의 남자들은 함께 사진을 찍어주는 대가로 달러를 받아내기도 한다. 쿠바의 '중앙텔레비전'은 매일 5분간 체에 대한 기록영화를 상영한 바 있으며, 그에 관한 국제심포지엄과 각종 학술행사도 연이어 열리고 있다.

체가 목숨을 잃은 볼리비아에서는 매년 유럽과 미국 등지에서 '성지 순례자'들이 몰려든다. 이들 '게바라 순례자'들은 체가 1966년 11월 볼리비아에 도착해서 1967년 10월 최후를 마칠 때까지의 소위 '게바라 루트'를 그대로 따른다. 이들의 순례는 볼리비아의 서류상 수도인 수크레에서 시작해 자동차로 여덟 시간 거리인 체의 처형지 라이게라를 거쳐 그의 유해가 발견된 바예그란데까지 이어진다.

유럽은 물론이고 심지어 체가 '제국주의'로 규정했던 미국에서도 게바라 바람은 그냥 지나지 않는다. 쿠바를 적성국으로 지목하고 있는 미국에서는 공식적인 게바라 기념식이 열리진 않지만, 캘리포니아 샌디에이고대학 학생운동 단체들이 집합장소를 '체 카페'로 이름 붙이는 등 미국에서도 미약하나마 게바라 바람이 불고 있다.

하지만 부정적인 견해도 존재한다. 현재의 게바라 열풍은 그에 대한 깊은 이해보다는 단지 그의 '이미지'에 의존하는 면이 더 크다는 판단에서다. 실제로 체 게바라의 출생지인 아르헨티나에서조차 이런 현상은 나타나고 있다. 모든 세상사가 그렇듯 체에 대한 평가 역시 긍정적인 것만은 아닌 것이다.

미 행정당국은 쿠바에로의 송금은 물론이고 자국민들의 쿠바 여행까지 금지시키고 있다. 2008년 필자의 쿠바 여행 시, 미국 국적의 친구가 아바나에서 그의 신용카드를 분실해 자국에다 신고를 하려 했지만, 결국 하지 못했다. 미국 시민권자가 쿠바를 여행했다는 사실이 미 행정당국에 알려지게 되면 정보국에 불려가 조사를 받아야 하기 때문이다.

미국은 쿠바에 관한 한 단호하다. 40년 이상 봉쇄하고 있어 쿠바는 제3국과 무역하기도 힘들다. 자동차 같은 공산품들도 멕시코 등지로부터 우회 수입되기 때문에 쿠바의 공산품 물가는 그 우회 비용만큼 높아진다.

과연 체 게바라 열기는 앞으로도 지속될 수 있을까? 최소한 중남미 사람들은 '그렇다'라고 생각한다. 제국주의와 독재가 사라지지 않는 한, 그 아래 신음하는 민중들이 존재하는 한, 그 열기는 계속될 것으로 본다.

체 게바라의 이름과 이미지는 티셔츠에서부터 보드카에 이르기까지 많은 상품들에 애용되고 있다. 그의 얼굴이 새겨진 티셔츠를 입고 그의 브랜드라고 할 수 있는 별 달린 베레모를 눌러쓴 젊은이들, 가슴에 그의 얼굴을 문신으로 새긴 여인들, 평전을 비롯한 수많은 체 게바라 관련 서적들, 그의 얼굴을 담은 목걸이와 시계, 재떨이 등 20세기를 넘어 21세기에도 게바라 신드롬은 이어지고 있다.

체 게바라를 기념하기 위한 상품들은 쿠바를 중심으로 만들어져왔다. 하지만 지금은 전 세계가 그의 이미지만을 이용해 돈을 벌려고 한다. 높은 상품가치로 화할 수 있는 이런 대중적인 아이콘을 결코 놓칠 자본이 아니다.

스위스 시계회사의 '체' 시계나 롤렉스사가 자사 시계광고에 체를 등장시켰을 때만 해도 튀는 발상이라는 평가를 받았다. 하지만 영국의 한 맥주회사가 술을 잘 못 마셨던 체 게바라의 이름을 딴 '체' 맥주를 출시하고, 오스트리아의 스키 상품 전문업체 피셔가 이미지 광고에 체의 얼굴을 커다랗게 집어놓고선 "스키혁명을 하는 피셔"라고 선전한 것, 미국의 한 아이스크림 회사가 "체리 게바라 Cherry Guevara"란 걸 출시하고 "이중 초콜릿 사이에 체포된 체리의 혁명적인 포스"라고 선전해댄 것, 그리고 한 세탁비누회사가 "체"라는 합성세제 선전에서 "체는 더욱 하얗게 빨래를 합니다"라고 사용한 문구 등과 일본의 폭력비디오 게임 '체 게바라'의 여과되지 않은 잔인한 컴퓨터그래픽 장면 등은 그의 혁명정신을 흐려놓는 대표적인 사례들이라 할 것이다. 지금까지 만들어진 체 게바라 기념상품들이 그를 기리기 위한 소박한 상징물이었다면 대기업들의 상품들은 그의 정신을 왜곡해 팔아먹고 있다는 느낌을 지울 수가 없다.

문화를 넘어 상업아이콘으로서의 체가 있기까지 대중스타들의 기여도 만만치 않았다. 마라도나 는 그의 오른쪽 팔뚝에다 체의 얼굴을 문신한 뒤, 그 후 비만으로 얼굴 문신이 어린애 얼굴 크기로 번질 때까지 지우지 않았으며, 영국 아스날 팀 공격수 헨리 는 FIFA 행사장에 체 게바라 티셔츠를 입고 참가했었고, 카를로스 산타나 는 오스카상 시상식에서 전형적인 체의 모습인 베레모에 목 칼라를 세운 점퍼 차림으로 등장했다.

체의 얼굴이 새겨진 티셔츠를 입고 다니는 젊은이들은 그를 얼마나 알고 있는 걸까? 그가 지닌 낭만성, 시대의 반항아로서의 이미지만으로 그를 좋아하고 따르는 건 아닐까? 그들은 체 게바라가 품었던 반제국주의 혁명의식과 사회개혁을 위한 치열한 문제의식을 단 한 번이라도 느껴봤을까? 이에 대해 미국의 한 심리학자는 다음과 같이 말한 바 있다.

"체 게바라를 따르는 사람과 마이클 조던을 숭상하는 사람

간의 차이를 말하자면 후자는 그가 조던을 따른다는 것을 알리기 위해 나이키 운동화를 신지만, 전자는 체의 인간됨을 '자기화' 하기 위해 그의 얼굴이 그려진 셔츠를 입는다는 것이다."

하지만 지금은 양자 간의 간극이 많이 좁혀진 느낌이다. 체 게바라 추종자들 중 많은 이들이 마이클 조던 추종자들처럼 단지 그 이미지만으로 그를 좋아하는 듯하기 때문이다.

체 게바라가 세계적인 스타가 되기까지엔 단 한 장의 사진으로 그를 세상에 알린 쿠바 사진작가 알베르토 코르다Alberto Korda가 있었다. 카스트로와 함께 혁명의 최전선을 누비던 그는 1960년 3월 5일 화약폭발사고로 사망한 136명의 희생자들을 위한 추모식에서 그 사진을 찍었다. 장 폴 사르트르 등 유명 인사들이 참석한 이날 추모식에서 피델 카스트로가 연설하는 모습을 촬영하고 있던 코르다는 체 게바라가 갑자기 무대에 나타나는 모습을 보게 된다.

"체 게바라는 무대에 나타났다가 곧바로 등을 돌려 사라졌습니다. 아주 짧은 순간이었지요. 하지만 전, 반사적으로 셔터를 눌렀고 두 장의 사진을 얻을 수가 있었습니다."

체의 이 사진은 공산주의의 붕괴를 알리는 베를린 장벽이 무너질 무렵, 코르다가 그의 작품에 대한 로열티를 받지 않겠다고 공언함으로써 순식간에 세계적으로 퍼지게 된다. 하지만 2000년, 영국의 음료회사인 디아지오 그룹이 새로 만든 보드

알베르토 디아스 구티에레스(Alberto Díaz Gutiérrez, 1928~2001), 알베르토 코르다(Alberto Korda)로 더 잘 알려져 있다. 1960년 신문 「혁명」의 사진기자였던 코르다는 1960년 3월 5일 화약폭발사고로 사망한 136명의 희생자들을 위한 추모식에서 이 사진을 찍었다.

카 광고에 이 사진을 이용했을 때, 그는 저작권을 행사하겠다고 나섰다. '체 게바라의 품위를 떨어뜨린다'는 것이 그 이유였다. 체 게바라의 사진을 보드카나 파는 데 사용하는 것은 그의 이름과 기억에 대한 최악의 모독이라고 격분하면서 체 게바라는 술 취한 모습을 보이기는커녕 술을 마시지도 않았으니, 체 게바라에 대해 가지고 있는 우리 불멸의 기억에다 술을 연관시키지 말라며 강력한 항의를 표했던 것이다.

심지어 체가 목숨을 걸고 싸웠던 볼리비아에서도 앞에서 말한 현상들은 보인다. 체 게바라가 처형된 촌락 라이게라는 따지고 보면 그를 돕기는커녕 외면했던 곳이다. 체의 1967년 9월 26일자 일기를 보면 축제가 열리고 있던 피카초 마을의 농민들은 그들을 반갑게 맞이해주었는데, 라이게라에 들어서자 "모든 것이 달라졌다. 남자들은 오간 데 없고 온통 여자들뿐이다"라고 기록되어 있다. 그때 게바라를 홀대했던 마을 사람들이 지금은 게바라 박물관이라며 제법 큰 동상들을 세워놓곤 관광객들을 부르고 있다. 체의 유해가 발견된 바예그란데 역시 마찬가지다. 그곳 문화센터가 만들어놓은 관광 프로그램은 체 게바라가 사살된 뒤 헬리콥터로 실려와 일반에 공개됐던 세뇨르 데 말타 병원과, 동료 여섯 명과 함께 비밀리에 암매장됐었던 구 공항 근처 외곽지역, 그리고 그 지역 화가들이 그린 체

게바라 그림들을 전시해놓은 산타클라라 카페 등이 전부다. 바예그란데 문화원 안에 있는 체의 박물관 역시 체의 유품 몇을 제외하고 나면 별 볼 것이 없다.

심지어 이젠 안티-체로도 돈을 벌고 있다. 얼마 전 '체를 반대한다'는 뜻인 체의 사진에다 빗금을 그은 로고가 새겨진 상품들이 출시되었는데, 안티-체 사이에선 인기리에 팔리고 있다. 체 게바라는 이제 어떤 경우이든 이들 장사치들에게 돈을 가져다주고 있는 것이다.

마침내 체의 이미지와 이름이 상업광고에 남용되고 있는 것에 대해 그의 유자녀들이 불만을 터뜨렸다. 체가 재혼한 알레이다 마르치와의 사이에서 태어난 두 자녀는 2008년 게바라 탄생 80주년을 앞두고 쿠바 정부가 주선한 인터넷 대화에서 "아버지의 이름과 이미지가 일부 국가에서 지나치게 계급들 간의 대립을 조장하는 것 같아 걱정이다. 이런 사태 앞에 자식들은 무척 당혹스럽다"라고 밝혔다. 그들은 2시간 동안 계속된 인터넷 대화를 통해 쿠바 국내 사람들은 물론 카타르, 아르헨티나, 브라질 등지에서 연결된 사람들과도 의견을 나눴다. 특히 그들은 "아버지가 얻은 명성을 지구촌에서 상품화"하는 것에 대해 강한 불만을 털어놓았다.

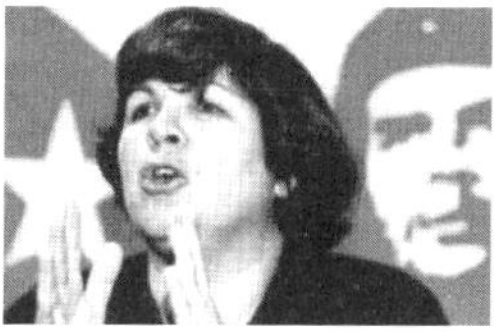

(위)게바라의 둘째 딸 알레이다 게바라(Aleida Guevara)와 (아래)아들 카밀로(Camilo). 그 밑에 또 막내아들 에르네스토(Emesto)가 있다.

아버지의 뒤를 이어 의사로 일하고 있는 알레이다는 영국 보드카, 프랑스 음료수, 스위스 휴대전화 등에 아버지 이름이 등장하고 이미지가 오용되고 있는 것에 대해 진절머리가 난다고 덧붙였다. 이어 그녀는 "우리는 돈을 원치 않는다. 우린 다만 부친이 존중받기만을 원한다"며 끝을 맺었다.

일생 동안 자본주의에 반대했건만, 그의 얼굴이 담긴 자본주의 상품이 불티나게 팔리고 있는 현상에 대해 지하에 있는 체는 과연 어떻게 생각할까. 이름을 남긴 사람? 가죽을 남긴 호랑이? 아니면 부르주아의 거실 벽에 처참히 머리통을 남긴 야생산양?

하지만 비록 체 게바라 열풍이 상업적인 딜레마를 안고 있다 하더라도 그의 삶을 통해 다시 한 번 우리 자신을 돌아볼 수 있는 계기를 얻을 수 있다면, 그것만으로도 체 게바라의 열기는 충분히 가치 있지 않을까 생각한다.

체 게바라 서거 40주년을 기념하여 마련된 '아바나에서 체의 묘소까지의 투어'에서 손을 흔들고 있는 막내아들 에르네스토. 쿠바 산타클라라에서 할리 데이비슨 동호인들과 함께한 자리에서.

안티-체는 사진이나 그림상으로만 있는 게 아니다. 이제 "체 게바라, 살인기계(Che Guevara : La máquina de matar)"란 말까지 나왔다. 이 말을 한 사람은 다름 아닌 체의 혁명에 대해 칭송을 아끼지 않았던 페루 소설가 마리오 바르가스 요사의 아들, 알바로 바르가스 요사(Alvaro Vargas Llosa). 그는 현재 미국에서 신문기자 및 정치평론가로 활동하고 있는데, 아버지 마리오는 "쿠바혁명으로 중남미에서도 혁명이 가능하다는 것을 깨닫게 되었다"라고 말한 대표적인 프로-체(Pro-Che)인 반면, 아들은 체 게바라를 살인기계라 칭하는 등, 이 시대 대표적인 안티-체(Anti-Che)로 꼽히고 있다.

"체 게바라는 자신의 죽음을 사랑했을 겁니다. 하지만 더욱 사랑한 것은 다른 사람들의 죽음이었죠. 1967년 4월, 그는 이상적인 살인에 관해 다음과 같이 정의했습니다. '싸움의 요소로서의 증오, 적을 향한 결코 타협할 수 없는 증오, 인간의 자연적 한계 너머로부터 오는 증오로써, 폭력적으로, 선택적으로, 그리고 냉정하게 기계처럼 하는 살인.'"

체를 살인기계라고 부르는 이유를 묻자 알바로는 체가 그의 부하 둘을 무자비하게 죽였노라고 주장했다. 체는 1957년 시에라 마에스트라 전투에서 그의 부하대원 에우티미오 게라(Eutimio Guerra)가 적에게 기밀을 누설시키고 있다고 의심한 나머지 그를 무자비하게 쏴 죽였다는 것이다. 그러곤 "32구경 한 방을 그의 오른쪽 뇌에다 꽂음으로 문제가 끝났다. 그의 소지품은 이제 내 것이다"라는 끔찍한 말까지 보탰다고 했다. 또 농부 아리스티디오 가 단지 더 이상 전투를 하지 않겠다고 했을 뿐인데 체 게바라는 그를 현장에서 불복종죄로 무자비하게 사살해버렸다고 덧붙였다.

알바로 요사만큼이나 안티-체인 푸에르토리코의 인터아메리카나 대학교수이자 변호사인 호세 빌라수소 는 소위 라 카바냐 시절 체 밑에서 서기로 일했었는데, 그가 담당했던 일은 죄를 그럴듯하게 꾸민 뒤 검찰에 넘기는 일이었다고 했다. 여기서 라 카바냐란 산 카를로스 데 라 카바냐 의 준말로 18세기 쿠바 사람들이 영국 해적으로부터 아바나를 방어하기 위해 돌로 세운 요새의 이름인데, 1959년 쿠바 혁명에 성공한 체와 피델이 감옥 겸 혁명재판소로 사용했던 장소로서 바티스타 부패정권 시절의 위정자들을 숙청했던 곳이다. 호세 빌라수소는 그 시기를 쿠바혁명 최대 암흑기라고 말했다. 사형수들은 월요일에서 금요일까지 처형되었는데, 보통 새벽까지 형 집행이 계속됐다고 했다. 공소장 제출과 동시에 선고형이 떨어졌으며, 하룻밤에 일곱 명도 처형된 적이 있다고 했다.

라 카바냐에서 숙청당한 바티스타 부패정권 위정자들의 수는 증인에 따라 많은 차이가 난다. 당시 교회에서 사제로 일했던 아르만도 라고Armando Lago는 179명, 페드로 코르쏘Pedro Corzo는 약 200명, 워싱턴에 무전으로 보고된 것은 약 500명, 체의 옛 부하였던 CIA 요원 펠릭스 로드리게스는 약 2,000명이었다고 증언했다. 최소 179명, 최대 2,000명. 그 차이가 무려 열 배가 넘는다. 과연 누구 말이 맞는 걸까? 누구 말이 맞든 안 맞든 처형된 대상은 바티스타 부패정권에 빌붙어, 굶주리던 민중 위에서 떵떵거리던 착취자들이라는 사실에는 변함이 없다. 또 우린 여기서 위 증인들에게서 모종의 공통점을 발견할 수가 있다. 모두 미국 편에 서 있는 사람들이란 것이다. 알바로 바르가스 요사는 대표적인 반사회주의자로 워싱턴에서 생활하고 있으며, 펠릭스 로드리게스는 체를 체포한 CIA 요원으로 쿠바에서 망명 온 미국 시민권자다. 그리고 호세 빌라수소는 거의 미국령이나 다름없는 푸에르토리코에서 변호사와 대학교수를 겸하고 있으며, 페드로 코르쏘 역시 미국에서 생활하고 있는 쿠바 망명자다. 그들 중에는 훗날 체의 죽음에 대해 일명 기쁨의 시를 쓴 카스툴로 그레고리시Castulo Gregorisch도 끼여 있다.

난 체처럼 되지 않을래

난 그냥 순진무구와

부모님의 사랑을 즐기는

어린아이이고 싶어

난 아르헨티나의 나쁜 본보기인
팜파에 버려진 사생아,
그 나쁜 살인자와 친하긴 싫어

우리 마을의 피를 상징하는
그 불길한 머플러를
결코 내 목에 두르게 하지 마

날 그냥 놀게 내버려둬
난 군인이 되길 열망하지 않아
군인처럼 행진시키지 마

나에게 없는 적을 미워하는 걸
가르치지 마
부모와 형제를 감시하고 밀고하는
나쁜 아이로 날 변신시키지 마

가족들과 떨어져 있게 만들고
조국을 파괴하는 그 나쁜 사상을
제발 나에게 주입시키지 마

난 자유롭게 자라고 싶어

행복을 꿈꾸는

쿠바 독립가들의 땅에서

난, "체"처럼 되기 싫어

애국의 본보기인

호세 마르티처럼 되고 싶어

단지 어린이가 되고 싶어

카스툴로 그레고리시의 시 「난, 체 같은 인간이 되기 싫어Yo no quiero ser como el Che」 전문

앞서 말한 바처럼 2008년 봄, 필자는 운 좋게도 aBrace 중남미시인상 후보로 오른 덕에 쿠바를 방문할 수 있었다. 레스토랑 셀바에서 술잔이 몇 순배 돌자 필자는 펠릭스 콘트레라스에게 라 카바냐 학살에 관한 질문을 던졌다. 아마 보통 쿠바 사람이었다면 주위를 한두 번 살피고 답했을 것이다. 하지만 펠릭스가 누군가. 공산국가 쿠바가 해외여행의 자유를 부여한 몇 안 되는 인물 중 하나가 아닌가. 외국인과 결혼을 해도 처가나 시댁에 갈 수 없는 일반 쿠바인들에 비하면 엄청난 혜택을 누리고 있는 그다.

결론적으로 그의 답은 이랬다.

"당시 숙청된 사람들은 바티스타 정부 아래서 민중들의 피

카스툴로 그레고리시(Cástulo Gregorisch, 1935~) 시인. 아바나에서 태어나 1961년 쿠바로부터 망명 후 플로리다에 살고 있다. 쿠바 국립은행에서 체의 부하로 근무했었던 그는 망명 후 미국에서 국제금융전문가로도 활동했었다.

를 빨아먹던 사람들로서 대부분 미 제국주의에 빌붙어 쿠바에 매국행위를 했던 이들이다. 졸속으로 만들어진 법이긴 했지만, 처형은 적법절차에 따른 것이었고 무엇보다 그 처형에 민중들이 호응했다."

체 게바라는 그의 일기 어느 모퉁이에서 말한 바 있다.

"오늘 전투에서 적군을 사살했다. 직접 내 손으로 사람을 죽인 건 처음이다. 고통을 덜어주기 위해 심장을 정확히 맞추려고 애썼다. 적이라도 꼭 필요한 경우가 아니면 죽여선 안 된다."

이데올로기는 종교처럼 선악과 관계없이 대립하는 속성이 있다. 어느 편에 서느냐에 따라 영웅이 역적이 되고, 살인마가 투사 혹은 의사가 되기도 한다. 프로-체와 안티-체 사이의 다툼이 그러하다. 아르헨티나에선 그들이 이슬람에 대한 반대파, 찬성파보다 더 확연히 갈라진다. 옷을 팔아 돈을 챙기려는 이들에겐 단지 디자인에 불과할지 모르지만 티셔츠 한 장에도 이런 다툼은 보인다. 문제는 프로-체 티셔츠를 입는 이들은 체의 이상을 따르거나 지킨다고 하지만, 안티-체 티셔츠를 입는 이들은 무슨 이상을 추구하자는 걸까?

내친김에 세계적인 안티-체 한 사람을 더 소개할까 한다. 바로 제1회 카사 데 아메리카Casa de Americas 에세이 부문 수상자인 아르헨티나 출신 칼럼니스트 후안 호세 세브렐리Juan José Sebreli이다. 그는 수상작 『코미디언들과 순교자들Comediantes y mártires』에서 "체를 정치적 바보"라고 칭한다. 세브렐리는 체의 인생에서 가장 중요한 전환점은 1955년 7월 8일 멕시코에서의 피델 카스트로와의 만남에서 비롯됐다고 한다.

"만약 카스트로와 만나지 않았더라면 체는 그가 원하던 바처럼 의학공부를 하기 위해 파리로 떠났을 것이다."

세브렐리는 또 혁명 아이콘으로서의 체의 이미지에 냉소를 보낸다.

"체의 아프리카와 볼리비아 원정 뒤, 더 정확히 말하면 체가 사망하는 시점부터 그에 관한 신화는 조작되기 시작한다. 체의 죽음은 카스트로에겐 정치적으로 어려움을 가져다주었다. 하지만 이내 카스트로는 그의 카리스마와 그의 추종자들을 위해 죽은 체를 영원한 영웅으로 만들어버렸다."

세브렐리는 덧붙여 체의 신화 작업에 알베르토 코르다의 사진 역시 한몫했음을 지적한다.

"1960년 3월 2일 아바나에서 찍은 코르다의 사진은 전 지구상에 체의 신화를 심어주었다. 체의 사진이 찍힌 티셔츠를 그가 누군지도 모르고 입고 다니는 젊은이들…… 그들은 날조된 신을 믿고 있는 것이다."

세브렐리는 또 정치가로서의 체에 관해 다음과 같이 폄하한다.

"체는 두말할 필요 없이 정치의 반 으로 작용했다. 정치란 본질적으로 서서히 반응해야 하는 것이고 그 변화를 위해 매일 노력하고 인내해야 하는 것인데, 체는 하루아침에 모든 것을 이루려 했다. 경우에 따라선 타협과 변신, 동맹과 연합도 필요하건만 그는 피델과는 달리 병적으로 외골수였다. 그리고 그는 모든 타협을 혁명의 이상에 반하는 걸로 생각한 나머지 소위, 레닌의 '유치한 좌익'에 머물렀다."

세브렐리는 또 체의 사상은 마르크스주의에 반한다고 말한다.

"게바라주의는 마르크스주의 혹은 정통사회주의와 충돌하는 것이다. 체 게바라는 자연스러운 해방을 교조적 카리스마로, 인민동원을 개인적 소집 차원에서, 사회민주주의를 정치적 독재로, 빈자와 노동계급을 농부로, 객관적인 조건들을 주관적인 의지로, 오로지 선진사회에서만 가능한 사회주의를 가장 가난한 국가에서 실현시키려 했다."

세브렐리의 주장에도 일리는 있지만 그의 주장은 지나치게 결과론에만 치우쳐져 있는 느낌이다. 체 게바라 혁명의 많은 부분은 저항권 행사와 연관해서 판단해야 하지 않을까. 그 저항권은 쇼비니즘이나 징고이즘에서 나온 것이 아니라 순수 인류애와 진정한 박애주의로부터 유래한 것이기에 더욱 그렇다. 제국주의의 급박한 민중탄압 앞에 느긋이 독재자들이 스스로 반성하고 민주체제로 돌아갈 때까지 기다리는 일은 체의 일이 아니었다. 최선이 있었다면 물론 당연히 그렇게 했을 것이다. 여기서 최선이라 함은, 목적만큼 방법 또한 이상적인 것을 말하는데 여기서 우리가 잊지 않아야 할 것은 체가 자신의 실천 방법론에 있어서 고통스런 자각을 하고 있었다는 점이다. 가령, "전쟁에 충실한 미군들의 최대 약점은 그들의 맹목적인 전쟁관에 있다. 그런 자들과의 싸움에서 우리는 피를 흘릴 수밖에 없다. 하지만 무모한 희생만은 피해야 한다"는 체의 말을 통해 우리는 맹목적인 혁명가로서의 모습보다 무모한 희생에 대해 가슴 저려하는 한 인간을 느낄 수가 있는 것이다.

체는 "사랑 없는 혁명은 진정한 혁명이 아니다"라고 했다. 그 결과 콩고, 칠레, 볼리비아, 아르헨티나, 멕시코 등 세계 도처에서 민주화가 진행되었다. 체를 비난함은 어떤 의미에선 다이너마이트가 전쟁에 쓰인다고 그것을 발명한 노벨을 비난하는 것과 다름없을 것이다.

쿠바혁명의 진정성에 끌려 시몬느 드 보부아르 와 장 폴 사르트르 부부가 아바나를 찾아왔다. 체와 열정적인 대화를 나누던 어느 날 저녁, 사르트르는 다음과 같이 말했다.

"난 파리에서 쿠바인을 만날 때마다 거의 같은 질문을 하곤 했죠. 쿠바혁명의 목표가 진정 사회주의 건설인지…… 이제 그들이 쉬 대답을 하지 못했던 이유를 알겠어요. 이데올로기를 떠나 민중의 생존부터 보장해야 한다는 쿠바혁명의 본질을……."

이미 체는 미국의 봉쇄를 예언하고 있었다. 그는 점진적으로 쿠바인들의 밥줄인 사탕수수 수입 쿼터가 낮아지거나 미국과의 관계가 단절될 경우 민중들을 궁핍으로부터 구하려는 조치를 취하고 있었던 것이다. 이것이 바로 소련과의 '무역에 관한 합의서'에 서명했던 이유이다. 체는 자본주의를 비난하고 미국을 향해 총을 겨누었지만 인간을 도외시하는 어떤 특정 이데올로기도 신봉하지 않았다. 당시 그는 특정 이데올로기에 관한 질문에 이렇게 답했다.

"혹시 우리에게 마르크스주의자인지 아닌지를 묻는 것은 물리학자에게 뉴턴주의자냐고 묻는 것이나, 생물학자에게 파스퇴르주의자냐고 묻는 것과 다를 바가 없다."

체 게바라는 국제 정세상 어쩔 수 없이 손을 잡았던 사회주의국가들의 맹주였던 소련을 향해서도 "어떤 점에서는 사회주의국가들도 제국주의적 착취에 일조하고 있다"며 직격탄을 날렸다. 또 진정한 사회주의란 무엇이냐는 사르트르의 물음에 그는 "모르지만 최소한 작금의 사회주의는 성숙되지 않았다. 거기엔 많은 오류가 담겨져 있다"고 했다. 1960년, 체는 소련, 중국, 불가리아, 북한, 체코슬로바키아 등 당시 사회주의 국가들을 순방하기 시작했다. 하지만 훗날 그는 당시 사회주의 국가

1960년 아바나에서 시몬느 드 보부아르, 사르트르 부부와 환담하고 있는 체. 사르트르는 훗날 체를 '우리 시대 가장 성숙한 인간'이라 칭송하게 된다. 체가 볼리비아 전선 중 쓴 그의 일기 1967년 3월 21일자에는 "철학자 사르트르와 러셀에게 편지를 써서 볼리비아 해방운동을 지원하는 국제기금을 마련해달라고 부탁해야겠다"라고 쓰여 있다.

들은 그에게 그리 좋은 인상을 남기지 못했노라 술회했다.

「쿠바에서의 사회주의와 인간 El socialismo y el hombre en Cuba」이란 그의 명쾌한 서간체 에세이에서 체는 사실 은 존재보다는 당위를 반영해야 한다고 하면서 "사회주의적 사실주의"를 실패작이라고 신랄하게 비판한 바 있다.

안티-체의 경우, 그들 대부분은 미국 편에 있는 사람들이거나 미국 편을 드는 사람들이지만 프로-체의 경우, 많이 다르다. 프로-체라 하더라도 반드시 미국 반대편에 있지는 않다. 문제는 안티-체든 프로-체든 죽은 체가 만들어낸 개념이 아니라 살아 있는 우리가 만들어낸 개념들이란 점이다. 체가 살아 있다 한들 마찬가지일 것이다. 돈키호테마냥 오로지 억압받는 민중들을 위해 지구별 어느 귀퉁이에서 반제국주의와 외로이 투쟁하고 있을 테니까.

체 게바라가 사망한 지 40년이 넘었지만 그가 추진하던 혁명은 미완일 뿐 결코 실패하지 않았다. 1973년 아르헨티나 군사독재가 무너지는 과정에서도 볼 수 있었다. 당시 수도 부에노스아이레스의 대학가는 볼리비아 전장에서 숨진 게바라의 사진으로 뒤덮여 있었다. 그리고 그들은 자신의 조국에서 '게바라의 후예'로서 무엇을 할 것인가를 고민했다. 이런 그들의 고민은 곧 거대한 힘이 되어 독재정권의 몰락을 재촉했던 것이다. 지금도 '체 게바라의 후예들'은 그가 직접 활동했던 아프리카와 남미는 물론이고 멕시코, 미얀마, 아프가니스탄 등 세계 곳곳에서 다양한 방법으로 활동하고 있다. 그중 체 게바라와 가장 닮은 이는 멕시코의 '사파티스타민족해방군 ' 부사령관 마르코스다. 본명이 라파엘 세바스티안 인 그는 1983년 프랑스 소르본대학을 졸업한 후 치아파스 주에서 사회봉사활동을 하던 중, 그곳 원주민들의 억울함을 체감하곤 바로 '혁명가'의 길로 접어들었다. 그는 현재 멕시코 치아파스 주 라칸돈 정글 안에서 그 옛날의 체처럼 외로운 투쟁을 계속하고 있는 것이다.

체 게바라의 이상은 당시 현실과는 다소 괴리가 있었다. 하지만 그의 이상은 '좀 더 나은 세상'을 꿈꾸는 인간 사회의 변함없는 애정에 기반을 둔 것이었기에 앞으로도 영원할 것이라 생각한다. 체 게바라 자신도 말했다.

"진정한 혁명가는 사랑이라는 위대한 감성에 의해 인도된다. 사랑 없는 사람은 결코 진정한 혁명가가 될 수 없다."

지구상에 제국주의가 있고 그 아래 신음하는 민중들이 있는 한, 체 게바라는 살아 있다. 하지만 더 이상 체와 같은 혁명가를 요구하지 않는 사회가 진정 이상적인 사회가 아닐까 한다.

부록

부록

다음은 아르헨티나 역사학자 펠리페 피그나 의 2005년 플라네타 출판사에서 출간된 책 『생각해본 과거』에서 인용한 것으로, 책에서 언급된 인물들 중 생존 증인들과의 40여 년 전, 체의 마지막 날에 대한 인터뷰 내용이다.

특별한 감흥이 없었습니다. 왜냐하면 난 그에 관한 신화를 믿질 않았으니까요. 발보아, 엔시나, 초께 등 병사들이 체포했다고 알려와서 가보니, 당시 그는 추한 패배자 모습을 하고 있었어요. 신화적인 존재가 아니었죠. 단지 당신네들이 미화시켰을 뿐…… 그냥 인간이었습니다. 내가 알고 있는 체는 신화나 전설적인 인물이 아닙니다. 그냥 수치스러워하는 한 남자였어요. 평범한…… 보기 안쓰러운…… 존경심이나 감탄이 나오질 않았어요. 그냥 전쟁에 패한 포로에 불과했지요. 그게 다였어요.

일종의 형 집행이었나요? 아님 단순한 살해?

가리 프라도 형 집행이었어요, 약식 집행.

합법적인?

가리 프라도 아니오. 형 집행은 합법적이고 말고 할 게 없죠. 그냥 집행일 뿐. 그냥 정치적인 결정이지요. 다 나름대로 이유가 있겠지요.

당신은 체 게바라를 언제, 어디서 보았나요?

훌리아 코르테스 저는 당시 19세였으며 그해 그러니까, 1967년 10월 8일 오후 8시쯤 체가 갇혀 있던 그 작은 학교에 도착했습니다. 그리고 전 거의 버려진 그 학교의 선생이었구요. 그리고 다들 말하는 그 유명한 체 게바라가 누군지 보고 싶었습니다. 전 매우 고무되어 있었습니다. 그에게 물었죠, "당신처럼 잘생기고 중요한 사람이 여기서 뭘 하느냐"고…… 그는

가리 프라도(Gary Prado)의 최근 모습. 당시 볼리비아 정부군 대위로서 체를 유로 협곡에서 체포한 인물이다.

훌리아 코르테스(Julia Cortez)의 최근 모습. 그녀는 라이게라 학교의 교사였으며 지금은 퇴직해서 평범한 주부로 바예그란데에서 살고 있다. 그녀는 체가 너무나 아름다웠던 사람이라고 말한다. 체에게 땅콩수프를 마지막 식사로 가져다준 뒤 불과 얼마 후 눈을 뜬 채 마룻바닥에 죽어 있는 체를 보았다고 증언했다.

저에게 말했습니다. "당신처럼 그렇게 아름답고 중요한 여인이 여기서 뭘 하느냐"고요. 그러곤 말했어요. "잘 생각하시오 …… 우리 둘은 민중의 삶의 질을 향상시키기 위해 그리고 우리의 이상을 위해 여기 있다는 걸." 그는 예수의 눈빛을 지니고 있었어요.

당신이 체가 유로 협곡에서 올라와, 라이게라 학교까지 가는 것을 도왔나요?

게바라는 아주 안 좋은 상태였어요. 부상을 입었으며 호흡하기 힘들어하더군요. 저에게 매번 고맙다고 했어요. 아주 용기 있는 사람이었어요. 2킬로미터를 걸었는데, 그동안 몇 번이고 그의 동료 윌리의 안부를 묻더군요.

누가 명령을 내렸습니까?

미겔 아유로아 "나의 대령이(센테노) 바예그란데 사령부로부터 그를 부른다"라는 소리를 무전기에서 들었을 때, 우린 막 빠져나가려던 중이었어요. 그가 들어와선 바예그란데에 총지휘부의 명령이 하달되었으며, 자기는 나에게 그대로 전한다고 했어요. "살아 있는 두꺼비를 원하지 않는다"고 하면서. 말하자면 암호이지요. 근데 살아남은 이들은 체와 윌리 그리고 엘 치노뿐이었어요.

난 결정을 내린 바 없어요. 결정을 내리고 집행을 하는 건 장군들이었지요. 나의 계급은 겨우 대위였고, 내가 한 일은 포로 하나를 넘긴 것밖에 없습니다. 난 부대원들을 데리고 더 많은 게릴라들을 수색하기 위해 나왔으며, 돌아온 뒤에 시체를 봤어요. 날 보고 어쩌라구요. 훌리아와 체가 대화를 나누던 그 시점쯤, 라파스에서 레네 바리엔또스 대통령이 CIA의 압력을 받곤 결국 체의 사살을 명령한 거라구요. 결정은 볼리비아 정부와 미 CIA가 내렸습니다.

다음의 네 가지 논점에 관한 숙고 끝에 말입니다.

첫째, 전 세계에 체가 전투에 패배해 사망했다고 알리는 게 죄수로 가두어놓는 것보다 나을 것 같다.

둘째, 그렇지 않아도 체의 동료인 레히스 데브라이 교수에 대한 재판이 세계여론 때문에 복잡하게 진행되고 있다.

셋째, 재판 도중 체의 신병확보의 어려움과 그의 구출을 위한 여러 작전에 직면할 위험이 예상된다.

넷째, 체를 처형함은 피델 카스트로에게 치명상을 입힐 수 있으며, 결과적으로 라틴아메리카 전역에서의 그의 게릴라 전략 역시 큰 타격을 받게 될 것이다.

이상이 바로 그들의 판단이었지요. 그래서 체를 죽이기로 결정한 것입니다. 그 사실을 전해 들었을 땐, 난 이미 의견을 말할 수 없는 입장이었구요. 단지 난 실수를 하는 거란 느낌을 가질 뿐이었습니다. 볼리비아 정부의 결정이었죠. 센테노 대령에게 무전으로 하달되었습니다. 간단한 집행을 하라고…… 이별식도 없이, 보통 집행이 갖는 이승에서의 마지막 할 말, 뭐, 그런 기회도 주지 않는…….

CIA가 결정적 역할을 했나요, 체의 처형을 결단 내릴 시점에……?

미겔 아요로아 네. 확실히요. 펠릭스 로드리게스Felix Rodriguez라는 쿠바에서 망명한 CIA 요원이 그 작은 학교로 들어오면서 소릴 쳤죠. "너 내가 누군지 알아?" 체는 그를 매스껍게 바라보더니 "그럼, 배신자"라고 말하곤 얼굴에 침을 뱉었죠.

당신은 체의 시신을 봤나요?

미겔 아요로아 라이게라에서 봤어요. 그들은 "헬리콥터로 보내야 해"라고 나에게 말했습니다.

체가 학교 바닥에 던져져 있던가요?

미겔 아요로아 바닥에 던져져 있었지만 학교가 아니라 헬리콥터 부근이었어요. 그땐 이미 학교로부터 꺼냈더라구요. 우린 들것으로 시체를 헬리콥터로 옮겼죠. 조종사 니뇨 데 구스만Nino de Guzman은 올 때마다 헬리콥터 바퀴, 아니 썰매 같은 두 곳에다 한 구씩, 시체 두 구를 묶어 라이게라에서 60킬로미터 떨어진 바예그란데까지 날랐어요.

그래서 두 눈이 부릅뜨이게 된 것이군요, 헬리콥터 바람 때문에.

미겔 아요로아 그래요, 거기에다 체 게바라의 경우 입이 벌어지지 않게 하기 위해 헬리콥터 썰매 부분에 시체를 묶기 전, 천으로 그의 머리를 감쌌지요. 그 상태로 바예그란데까지 도착했습니다. 라이게라에서 바예그란데까지 간 체의 시신은 그렇게 헬리콥터 바람 때문에 눈이 떠지게 된 것입니다. 사체는 수사나 오시나가스가 일했던 그 병원 세탁장의 시멘트로 된 빨래터에 올려놓았구요.

당신이 외부에 공개하기 위한 체의 시신을 준비하는 작업을 도왔나요?

수사나 오시나가스 난 그가 누군지 몰랐어요. 나보고 시체를 씻으라 했을 때 조금 의아했어요. 우린 시체를 씻는 일은 하질 않거든요. 시체는 더러운 상태였고, 총상이 일곱 군데 나 있었습니다. 시체를 물과 비누로 씻고 난 뒤, 호세 마르티네스 까소 박사가 부패를 방지하기 위해 목의 대동맥에다 포르말린 주사를 놓았어요. 시체는 눈을 뜨고 있었으며 나를 줄곧 바라보고 있었죠. 이쪽으로 가면 이쪽으로, 저쪽으로 가면 저쪽으로…… 지금도 그가 날 바라보는 꿈을 얼마나 꾸는지…….

가리 프라도(Gary Prado) 1967년 10월 8일 유로 협곡에서 체 게바라를 체포했다. 당시 계급은 대위. 볼리비아 육군 장성으로 퇴역한 뒤, 지금은 볼리비아 혁명적 좌익운동에 참여하고 있다.

훌리아 코르테스(Julia Cortez) 당시 체가 갇혀 있었던 학교의 여선생이었다. 지금은 교단에서 은퇴해 바예그란데에서 평범한 주부로 살고 있다.

호르헤 끼로가(Jorge Quiroga) 체가 체포될 당시 볼리비아 정부군 병사였다. 부상당한 체를 부축해 협곡을 빠져나온 뒤, 라이게라 학교까지 데려다주었다. 현재, 라이게라 지방에서 개인 사업을 하고 있다.

미겔 아요로아(Miguel Ayoroa) 당시 체 게바라 일행의 소탕작전에 참가한 볼리비아 육군 소령으로서 체포한 체를 CIA에 넘겨줄 때까지 신병확보를 담당했다. 현, 볼리비아 육군 대령.

수사나 오시나가스(Susana Osinagas) 당시 바예그란데의 세뇨르 데 말타병원 Hospital Senor de Malta 간호사로 재직했다. 현재 바예그란데에서 평범한 가정주부로 살고 있다.

사진 속 배낭의 주인

어린 에르네스토

1933년 코르도바에서, 다섯 살 때

아르헨티나 로사리오시 산타페에 위치한 센테나리오 병원 기록엔 아버지 에르네스토 게바라 린치 가 출생을 신고한 것으로 되어 있다. 출생시각은 1928년 6월 14일 오후 3시 5분. 특히 어머니 셀리아 델라 세르나 이 델라 요사 는 페루의 마지막 부왕이었던 스페인 바스코 출신의 호세 델라 세르나 에 이노호사 의 후손이다.

여섯 살 무렵의 체 게바라

부유한 가정의 5남매 중 맏아들로 태어난 체는 어릴 때부터 굶주린 광부나 노동자 집안의 아이 등, 불우한 환경의 친구들을 집으로 데려왔다. 그의 집 또한 '게바라 가족의 집'이 아닌 '비베 꼬모 끼에라스 '(원하는 대로 지낼 수 있는 곳)라는 별칭으로 불리었다. 여덟 살 때부터 혁명적 기운이 감도는 네루다의 시를 암송하기 시작한 에르네스토는 부르주아 가정에서 태어났지만 도시 변두리의 가난한 집 아이들과 더 잘 어울렸다.

왼쪽부터 [illegible] 에르네스토, 어머니, 여동생 셀리아, 남동생 로베르토, [illegible] 마르틴,

아버지, 여동생 아나 마리아

체 게바라의 동생들도 공부를 잘했다. 바로 밑의 남동생 로베르토는 변호사, 밑의 여동생 둘은 건축사, 다만 막내 후안 마르틴만이 전문가가 못 되고 2002년까지 아르헨티나에서 쿠바를 상대로 무역상을 했다.

[illegible] 에르네스토, 남동생 로베르토와 함께

어린 시절 게바라는 떼떼 라고도 불렸다. 어린 게바라는 별명으로 불리길 좋아했다. 집에선 에르네스토의 애칭인 에르네스띠또, 혹은 그의 숙모 베아트리스 가 붙여 준 떼떼 , 중학교 땐 친구들이 벨라오라 불렀으며 고등학교 시절, 특히 럭비를 시작할 무렵부턴 푸세르 , 티토 , 찬초 등으로 불렸다.

고교 시절, 럭비 팀원들과(제일 오른쪽이 에르네스토 게바라)

이 당시 게바라는 별명을 무려 셋이나 가졌었다. 푸세르 , 티토 , 찬초 등. 의사가 되고부터는 그의 이름이 제대로 불리는가 싶더니, 선천적으로 엄숙함을 못 견뎌 하던 에르네스토 게바라 박사 는 뒤에 붙는 '박사'란 군더더기가 거추장스러웠던지 Dr. Ernesto를 떼버리고 'Che'라는 가볍고도 친근한 거리의 별명을 붙이게 된다. 체는 리오플라타 강 유역 사람들이 주로 쓰는 일종의 주의를 환기시키기 위한 간투사다. 우리말로는 "이봐, 친구~" 정도의 가벼운 인사말에 해당한다. 하지만 에르네스토가 '체'라 불리는 순간, '체'는 이미 단순한 이름 이상이 돼버린다. 바로 이 별것 아닌 듯한 별명이 훗날 '이 시대의 가장 성숙한 인간상'의 상징어가 된 것이다. 그 후 쿠바의 시에라 마에스트라 전투 이후 꼬만단테 (사령관), 혹은 프랑코티라도르 (프랑코를 쓰러뜨리는 이), 콩고 전선에선 타투 혹은 타투 무간다 , 볼리비아 전선에선 라몬 혹은 사까무엘라스 (어금니를 빼는 사람이란 뜻으로 치과의사. 볼리비아의 한 마을에서 주민들의 이빨을 빼주고부터 생긴 별명. 치과의사 페르난도라고도 불렸으나 이는 주로 볼리비아 정부군과 CIA 쪽에서 암호 형식으로 사용했던 것이다)로 불렀다.

대학교 입학 무렵의 체 게바라

1946년 말, 게바라는 고등학교를 졸업하고 대학 진학 전 방학을 이용해 아버지가 소개해준 코르도바 에 있는 한 도로건설회사 사무실에서 아르바이트를 하게 된다. 하지만 얼마 안 가 사랑하는 할머니 아나 마리아 가 위독하다는 전갈을 받고 곧장 부에노스아이레스로 달려가게 되고 그녀가 뇌출혈로 사망하기까지 17일 동안 꼼짝 않고 간호를 한다. 그 17일 동안 체는 아버지가 원하던 공대 진학을 포기하고 의사가 되기로 결심한다. 할머니가 사망한 바로 다음 날 공대가 아닌 의대에 원서를 제출한 걸로 봐, 체의 성장과정에서의 그의 할머니의 비중을 짐작할 수 있다. 어릴 때부터 앓고 있던 천식 약을 개발하고자 의대를 지망했다는 설도 있지만, 공대를 가려다 급기야 의대로 진로를 바꾸게 된 데는 병마에 시달렸던 할머니의 영향이 컸다. 최근 게바라의 친족들의 증언에 의하면 천식 약을 개발하기 위해 의사가 되려 했다는 주장은 설득력을 잃어가고 있다. 자기 자신보다 항상 남을 먼저 생각해 온 체 게바라의 성품과 그의 혁명가적 스케일에 비추어 자신의 병을 낫게 하기 위해 의사가 되려 했다는 주장은 설득력이 약해 보인다.

친구 알베르토(Alberto)와 본격적으로 라틴아메리카 투어에 나서기 위해 모터사이클을 점검하고 있는 체 게바라

체는 이 오토바이를 포데로사 II라 불렀다. 스페인어로 포데로사 는 '힘이 센', '강력한'이란 뜻이지만 그들이 산 500cc 중고 오토바이는 수시로 고장이 났다. 체는 『돈키호테』에 나오는 말 로시난테를 좋아한 나머지 『돈키호테』에서 로시난테를 강한 말(馬)이라는 의미의 포데로소 까바요 라 했기에 그의 오트바이를 포데로사라고 불렀던 것이다. 다만 포데로소가 아니라 포데로사라고 한 까닭은 오토바이가 스페인으로 여성형이기 때문에 수식어인 형용사도 여성형으로 쓴 것이다.

체 게바라의 인생은 의과대학 시절, 여행을 통해 전환점을 맞는다. 늘 찾아오는 천식 발작에도 불구하고 럭비 등 운동과 모험을 즐기던 체는 친구 알베르토와 함께 수시로 고장이 나는 포데로사를 타고 남미를 여행했다. 두 차례에 걸친 남미 전역 여행은 청년 게바라의 진로를 크게 바꾸어놓았다. 여행을 통해 가난한 민중들의 삶을 지켜본 그는 빈곤문제를 해결하는 길은 혁명밖에 없다는 생각을 하게 된다. 인간의 질병을 치료하는 것보다 세상의 모순을 치료하는 일이 훨씬 중요하다는 것을 깨닫는 순간이었다.

멕시코 감옥에서의 체 게바라와 피델 카스트로

체는 훗날 일기에서 피델과의 만남에 대해 이렇게 술회했다. "피델과 난 밤을 지새우며 토론을 했다. 그리고 그날 밤, 그의 부대의 의사가 되기로 결심했다. 이미 내 자신의 다리가 라틴아메리카의 구석구석을 둘러보았고, 과테말라에서는 가장 잔인하게 숨통을 조였던 제국주의의 실체를 본 뒤였기에 압제자에 대항하는 혁명이라면 그 어떤 것이든 내 한 몸을 바치는 데 두려움이나 주저함이 있을 수 없었다. 피델은 비범한 사람이었다. 우리들이 세운 계획은 어쩌면 실패할지도 모를 일이었지만 난 그의 낙관적인 태도에 공감할 수밖에 없었다. 아무튼 혁명은 코앞에 닥친 현실이었고 온몸으로 뛰어들지 않으면 안 되었다. 울부짖

기만 한다든지, 대충 적당히 해치워버린다든지 하는 일은 더 이상 있어서는 안 된다고 생각했다."

나무 요트 그란마(Granma)

체와 피델은 이 배를 무장선으로 개조해 쿠바에 상륙한다.

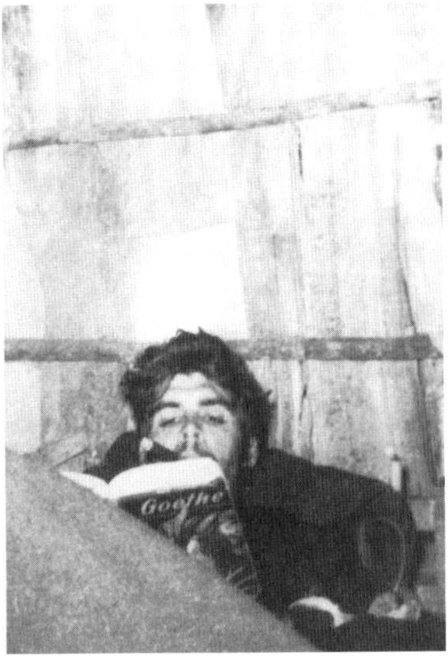

시에라 마에스트라 전선에서 시가를 문 채 괴테의 자서전을 읽고 있는 체 게바라

사진에서 오른편 하단 쪽에 훗날 죽게 될 강아지의 머리 부분이 보인다. 체의 사랑은 민중에 머물지 않았다. 어느 날 그는 밀림에서 태어난지 몇 주 안 되는 강아지를 만난다. 동물을 좋아하던 체는 강아지와 함께 잠을 자는 등, 깊은 정을 나누게 되는데, 그의 부대가 빽빽한 밀림지대를 통과하던 어느 날, 그 강아지가 왕왕 짖어댔다. 그것도 적들의 고함 소리가 생생히 들려오는 거리에서 ……. 대원 중 펠릭스가 강아지를 거처하고 있던 움막 쪽으로 돌려보내려고 애를 써봤지만 어린 강아지는 막무가내로 따라왔다. 체는 당시의 상황을 다음과 같이 회고했다. "녀석은 우리가 자기를 버리고 갈지 모른다는 생각을 했던 모양이다. 누군가 녀석을 안아 올리자 조용해졌다. 우린 다시 길을 재촉했는데, 한 시냇가에서 감시병에게 적의 동태를 파악하도록 시키고 잠시 숨을 돌리고 있는 사이, 녀석이 다시 짖어대는 게 아닌가…… 결국 내 입에서 떨어진 명령이 얼마나 단호했는지 지금도 생생하다. '펠릭스, 이 개가 더 이상 짖지 못하게 해. 자네가 알아서 하란 말이야! 다시는 짖지 않게…….' 그 말에 펠릭스는 멍한 표정으로 날 쳐다보았다. 기진맥진한 채 빙 둘러선 대원들 복판에서 그는 안절부절못한 채 강아지만 안고서 있었다. 하지만 그는 마침내 느릿느릿한 동작으로 배낭에서 밧줄을 꺼낸 뒤 그 어린 동물의 목을 조르기 시작했다. 파다닥거리던 꼬리가 한순간 심하게 흔들리더니 차츰 그 움직임이 희미해져갔다. 졸린 목구멍에서 가느다란 신음이 새나오고……. 얼마나 지속됐는지 모르겠지만 우리에겐 너무나 긴 시간이었다. 마지막으로 몸을 한 번 크게 팔딱

거리던 불쌍한 강아지는 나뭇단 속에 머릴 처박은 채로 뒤에 남겨졌다. 우리는 길을 재촉했다. 일행 중 아무도 강아지의 죽음에 대해 입을 열지 않은 채……."

심각한 표정의 체 게바라 일행과 또 다른 강아지

"날이 어두워졌다. 우린 너무나 피곤한 나머지 녹초가 되어 어떤 비어 있는 농가 앞에 멈췄다. 그나마 휴식을 취할 수 있었던 유일한 공간이었다. 우린 재빨리 돼지고기와 감자 몇 알을 준비했다. 순식간에 음식이 바닥나고 잠시 후 누군가 집 안에 있던 기타를 들고 노래를 부르기 시작했다. 그때 펠릭스가 뜯고 있던 돼지뼈다귀를 던졌다. 마침 그 집에 남아 있던 개 한 마리가 덥석 뼈다귀를 물었다. 펠릭스가 다가가 개의 머리를 쓰다듬었다. 개도 그를 바라보았다. 우린 그 개의 눈 속에서 우리의 죄책감을 읽을 수 있었다. 갑자기 육중한 정적이 우리를 덮쳤다. 다들 표현하기 힘든 감상에 젖어 들었다. 가까이서 반짝거리는 또 한 마리 개의 부드러운 눈동자 속에서 우린 우리 손에 죽어간 어린 강아지의 원망 어린 눈빛을 읽었던 것이다."

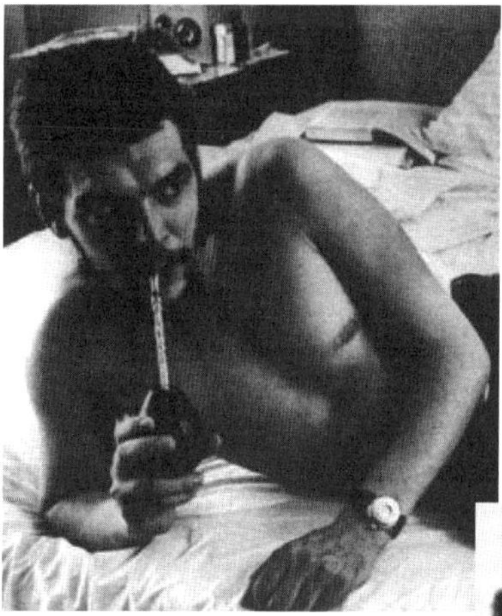

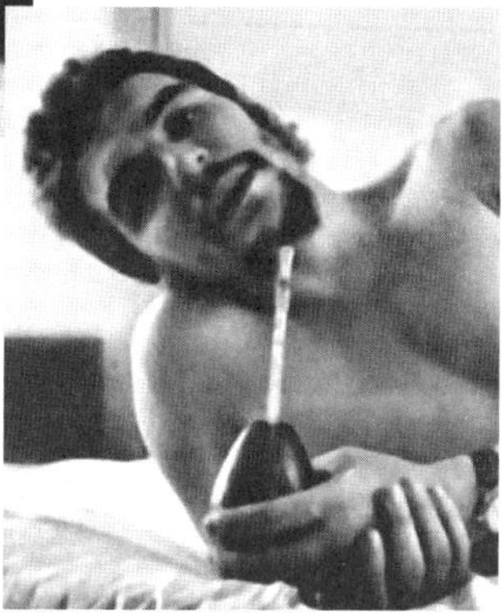

마테는 아르헨티나 전통차로 나무로 만든 통 속에 여러 종류의 야생 허브를 넣고 뜨거운 물을 부은 뒤, 양은파이프 로 천천히 들이켠다. 마테는 기분 전환과 정신 집중에 좋다고 한다. 체 게바라는 시 몇 줄과 마테차로 마음을 달래곤 했다.

1957년 6월의 사진. 쿠바혁명 발발 후 전 세계 미디어에 최초로 실린 사진이다

오른쪽부터 후안 알메이다 대위 Capt. Juan Almeida, 죠지 소투스 대위 Capt. George Sotus, 피델 카스트로의 조수, 피델 카스트로, 피델의 동생 라울 카스트로 (앞에 무릎 꿇고 있는 이), 우니베르소 산체스 중위 Lieutenant Universo Sanchez, 체 게바라(의무장교였다) 그리고 철모를 쓴 기예르모 가르시아 대위 Capt. Guillermo Garcia. 쿠바혁명은 한편으론 매스미디어를 적절히 활용한 혁명이라 할 수 있다. 그들은 『뉴욕타임즈』의 허버트 매튜즈 기자를 시에라 마에스트라 산속의 게릴라 기지까지 불러들여 기자회견을 했으며(1957년 2월

17일), 같은 해 4월에도 미국의 방송국 기자인 봅 티버를 초청해 회견을 했다. 이런 회견 장면들이 미국 전역에 방영되었으며 곧 산속의 게릴라들과 도시의 레지스탕스들에게 세력을 확장할 수 있는 빌미를 제공해주는 결과를 낳았다. 이로 인해 산과 도시, 양측에서 통일전선을 구축할 수 있게 된 것이다. 드디어 1959년 1월 1일, 새해 첫날 새벽, 독재자 바티스타는 현금과 보석 자루를 훔쳐 비행기에 싣고선 가까운 친구들에게조차 알리지 않은 채 도망쳐버렸다. 마침내 쿠바는 해방되었으며 피델 카스트로와 체 게바라는 꿈에도 그리던 수도 아바나에 입성할 수 있었다.

1958년 대원들과 산타클라라 승전을 기념하며 찍은 사진

중간에 긴 막대기를 들고 있는 이가 체 게바라.

1959년 1월, 쿠바 아바나에 입성하는 체 게바라와 라울, 피델 카스트로 형제

체는 아르헨티나 시인, 구티에레스 의 시를 낭송하며 입성했다.

"전투의 태양이 떠오르지 않는 한 우린 승리의 찬가를 부르지 않으리."

쿠바 민중들 앞에서 연설하는 체

첫 번째 부인 일다(Hilda)와 함께

1959년 이혼 후 얼마 뒤 알레이다 와 재혼한다.

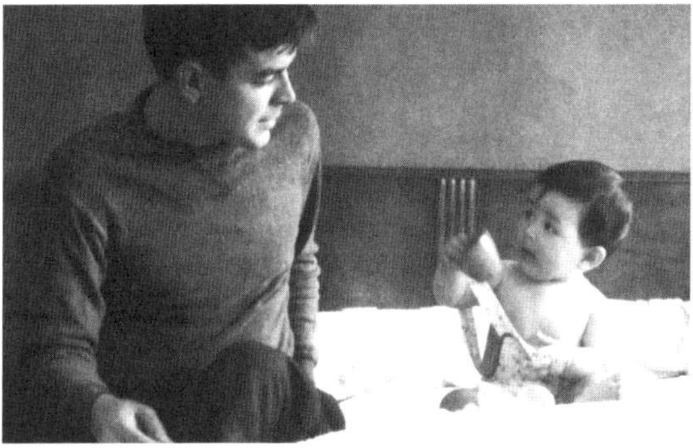

첫 번째 부인 일다와는 딸 하나만을 두었다

체는 일디타를 특히 귀여워했다. 그는 그의 어린 딸에게 안토니오 마차도의 시 「리슨 장군에게 바치는 시」를 자장가 대신 낭송해주곤 했다.

체 게바라와 두 번째 부인 알레이다 마치, 1959년 6월 2일 결혼식 후 나란히 차에 앉아 있다

알레이다는 그 당시 임신 중이었다. 그들은 아주 가까운 친지들만 모아 놓고 결혼식을 올렸다. 당시 체의 월급은 125달러 정도로, 결코 많다고 할 수 없는 금액이었다. 그들의 결혼식을 위해 동료들은 모금을 했다. 알레이다와의 사이에는 4명의 자녀를 두었다. 오른쪽 가족사진에서 왼쪽부터 체 게바라, 에르네스토(아들), 카밀로(아들), 알레이디타(딸), 셀리아(딸), 알레이다.

체 게바라는 책벌레로 소문이 나 있었지만 체스나 도미노 등 잡기에도 능했다

"집무실에서 일을 마치고 나오면서 아내에게 전화를 걸었다. 내가 여자 친구를 만나러 간다고 하자 그녀는 '당신 체스 하러 가는 거 아니에요?' 라고 웃었다. 나에게 체스는 모험과 용기를 북돋아주는 놀이이다."

아마추어 사진작가로서의 체

체는 어딜 가나 사진 찍는 걸 좋아했다. 그의 유품 중, 12통의 필름이 끼어 있었던 것도 우연은 아니었다.

야구를 하고 있는 체

야구의 강국, 쿠바에서 야구방망이를 휘두르는 체의 모습, 어찌 보면 당연해 보이지만 그는 몸을 격렬히 부딪는 럭비를 더 좋아했다. "가끔은 내 사랑하는 아이들을 9명까지 낳아서 야구팀을 만들고도 싶다. 젊어서는 축구팀을 원하기도 했지만……."

쿠바 국립은행 총재 시절

체는 사탕수수 농장에서 직접 노동자들과 함께 일을 했다.

중국을 방문해 마오쩌둥과 악수하는 체

북한이 대외선전용으로 공개한 체와 김일성의 사진(1960년 12월)

사진에서 북한은 김일성이 체에게 이론실천적 문제들에 대해 완벽한 해답을 줬다고 하나, 이는 그들만의 상투적인 과장선전으로 보인다. 체는 자본주의를 비난하고 미국을 향해 총을 겨누었지만 인간을 도외시하는 어떤 특정 이데올로기도 신봉하지 않았다. 무엇보다 체는 그 당시 사회주의 국가들을 방문한 뒤 그리 좋은 인상을 받지 못했노라고 술회했다.

체는 롤렉스 시계를 애용했다. 부의 상징인 롤렉스 시계도 체에게 있어선 전쟁을 치르기 위한 소도구에 지나지 않았다

게릴라들은 죽은 뒤 그가 차고 있던 시계를 다른 대원들이 그의 가족들에게 전해주길 바랐다. 체의 일기에도 그런 내용이 나온다. "나는 전투와중에도 항상 시계를 차고 있다. 전쟁이 끝나면 아들에게 꼭 전해주리라. 하지만 그럴 수 있을까."

GMT Master와 Yacht Master.

콩고에 도착하자마자 대원들과 찍은 기념사진(오른쪽 아래가 체)

1965년 3월 31일 체는 대머리로 변장을 하고 수염도 말끔하게 깎고선 쿠바의 흑인병사 백여 명과 함께 내전 중인 콩고로 떠난다. 쿠바를 출발한 게바라의 혁명군은 비행기를 타고 탄자니아의 다르에스살람에 도착한 뒤 탕가니카 호수 근처의 키고마를 거쳐 유비라에 도착한다. 유비라는 탕가니카 호수의 최북단 부룬디와의 국경지대에 위치해 있다.

콩고에서 반군들에게 게릴라 전술을 가르치고 있는 체 게바라

콩고 시절인 1965년 8월, 체는 사랑하는 어머니를 잃게 된다.

1965년 콩고에서

체 게바라는 유별나게 어린이와 동물을 좋아했다.

1966년 12월 2일자 사진

왼쪽부터 우르바노[Urbano], 미겔[Miguel], 마르코스[Marcos], 체[Che], 엘 치노[El Chino], 파초[Pacho], 코코[Coco]. 엘 치노란 스페인어로 중국 사람이란 뜻이다. 그가 중국계 페루인이었기 때문이다. 본명은 후안 파블로 창 .

볼리비아에서 1967년 [illegible]

(Chico)와 함께 찍은 사진

치코 는 스페인어로 남자아이를 뜻한다.

볼리비아 전선에서 체포되기 하루 전날인 1967년 10월 7일자 사진

남은 대원의 수는 체를 포함해 17인이었다. 체의 일기는 이날로 끝이 난다. "우리 17명은 이지러진 달을 보며 출발했다. 더는 전진할 수 없을 정도로 지쳤다. 여긴 해발 2000미터 고지다."

볼리비아 게릴라 근거지를 마련하기 위해 적어도 3년 전부터 체는 준비 작업을 했다. 그 작업을 도운 사람이 바로 맹렬 사회주의자인 유대계 아르헨티나 여인, 타니아(Haydée Tamara Bunke, 1937~1967)였다. 그녀의 부모는 나치 독일의 박해를 피해 아르헨티나로 이민을 왔다. 그녀는 쿠바혁명 뒤 카스트로 혁명정부의 교육부에서 통역원으로 일하다가 당시 쿠바혁명 기운의 전파를 위한 이른바 '국제적 임무'를 자원해 비밀 교육을 받았다. 1964년 체는 타니아를 볼리비아에 파견해 사전 탐색작업을 지시했다. 1967년 3월, 타니아는 낭카와수 강변의 근거지에 도착하지만 그 후 게릴라 부대에 합류한 지 5개월 만에 볼리비아 정부군에 의해 사살되고 만다.

그를 사살한 하사 마리오 테란이 M-2 소총을 걸친 채 숨이 끊어진 체를 바라보고 있다. 테란에게 체를 사살하면 시계 하나와 웨스트 포인트 사관학교 연수를 시켜주겠노라 약속했지만 그 약속은 끝내 지켜지지 않았다.

시력을 잃게 된 마리오 테란은 2007년 아이로니컬하게도 쿠바 정부가 체를 기리며 기증한 볼리비아의 산타크루스 시의 한 병원에서 쿠바 의사들에 의해 백내장 수술을 무료로 받아 최근 시력을 회복하게 되었다.

▶ 사망 직후의 체, 눈을 뜨고 죽었다

눈을 뜨고 죽은 이유는 마리오 테란에게 겁먹지 말고 총을 쏘라며 눈을 부릅떴기 때문이다.

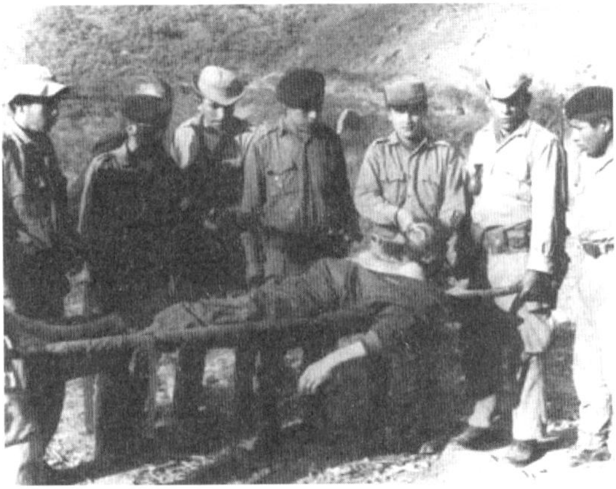

1967년 10월 9일 오후 1시 30분경, 체의 사체가 들것에 실려 볼리비아군의 헬리콥터가 있는 곳으로 옮겨지고 있다

오후 4시경, 라이게라를 출발했던 헬리콥터는 30분 후 체의 시신을 보관했던 바예그란데의 세뇨르 데 말타 병원 [illegible] 세탁장에 도착한다.

1967년 10월 9일 오후 4시경, 체의 시신을 라이게라에서 바예그란데로 옮기려 헬리콥터 썰매 부분에 묶고 있다.

바예 그란데(Valle grande)의 세뇨르 데 말타 병원 세탁장

헬리콥터에서 체의 시신을 내려 이곳에 옮겨놓았다.

체의 시신이 놓여 있었던 바예그란데 세뇨르 데 말타 병원 세탁장

지금 이곳은 체 게바라를 추종하는 이들에겐 성지나 마찬가지다. 주변이 체를 추모하는 낙서로 가득하다.

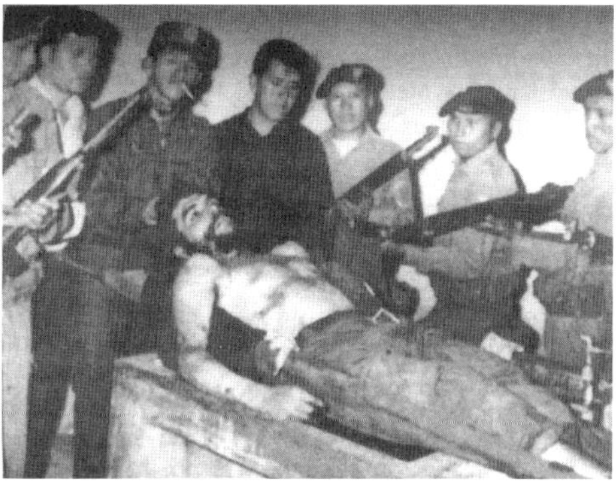

헬리콥터의 프로펠러 바람으로 인해 다시 눈이 부릅떠진다. 볼리비아 정부군들은 여전히 죽은 체 게바라에게 총을 겨냥하고 있다.

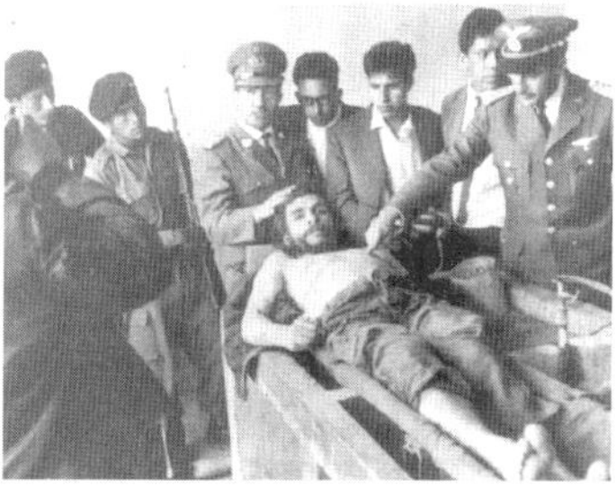

오른쪽, 체의 가슴에 난 총알자국에 손가락을 대보는 이가 현장에서 체의 총살집행을 지휘한 안드레스 셀니치 대령

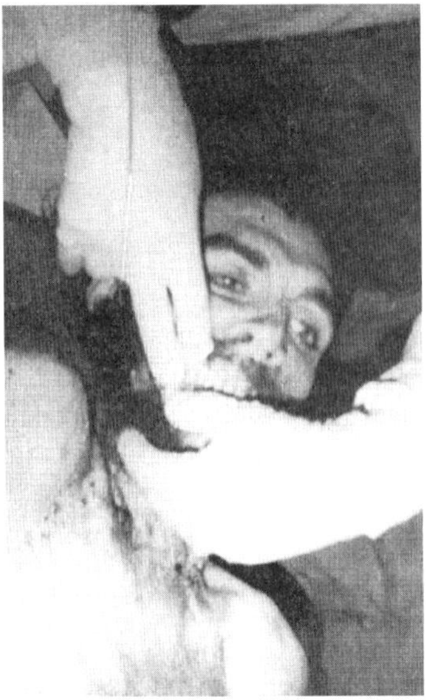

검시 중, 체의 이빨을 조사하고 있는 CIA 요원

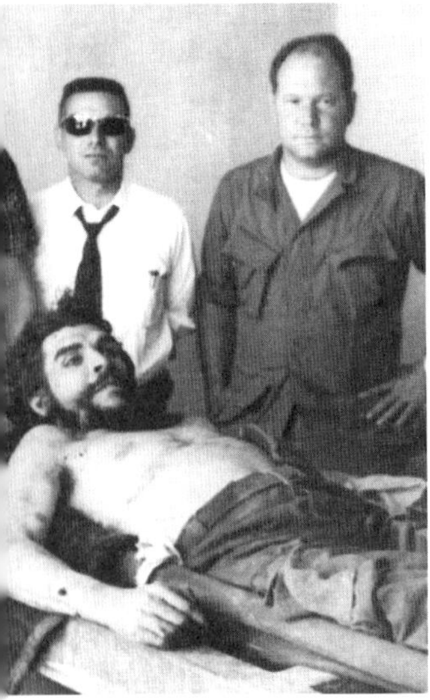

쿠바 출신 미국인 CIA 요원 훌리오 가르시아(넥타이를 맨 이)와 체의 검시와 유기, 지문 채취와 데스마스크 제작을 담당한 구스타보 비욜도(Gustavo Villoldo)

지문 채취와 데스마스크는 체의 사망을 입증할 증거를 보존해놓기 위해서였다. 그 후 그들은 체의 손목을 자르고 사체를 불태워 유기, 은닉해버린다.

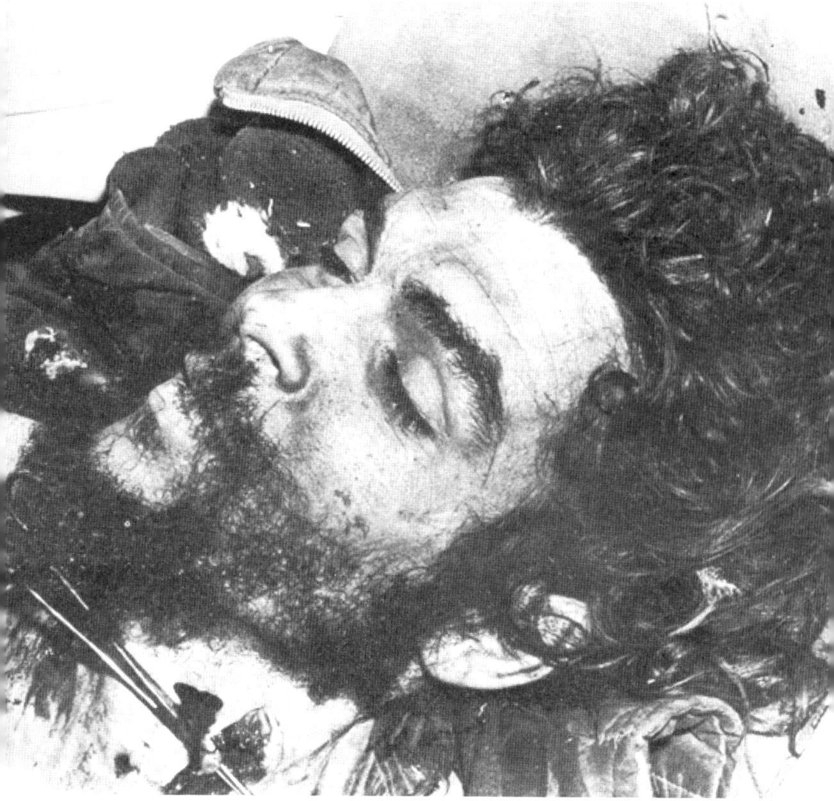

호세 마르티네스 까소 박사가 부패를 방지하기 위해 포르말린 용액을 넣으려 목 부분을 가르고 있다

훌리아 코르테스의 증언과 위 사진상으로 미루어 볼 때, 헬리콥터 바람에 의해 떠진 체의 눈은 병원 세탁장에서 최종적으로 다시 감겨졌음을 알 수 있다.

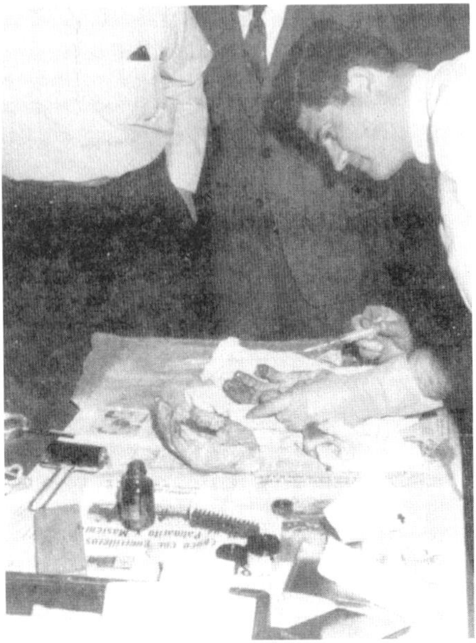

구스타보 비욜도의 지시 아래 체의 잘려진 손에서 지문을 채취하고 있는 CIA 요원 훌리오 가르시아

체의 두 손을 자른 이유는 자른 손들을 쿠바로 보내 체의 죽음을 쿠바 당국에 확인시켜주기 위해서였다.

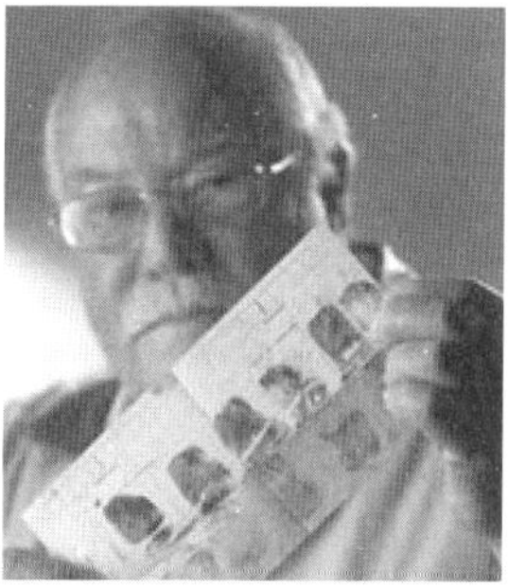

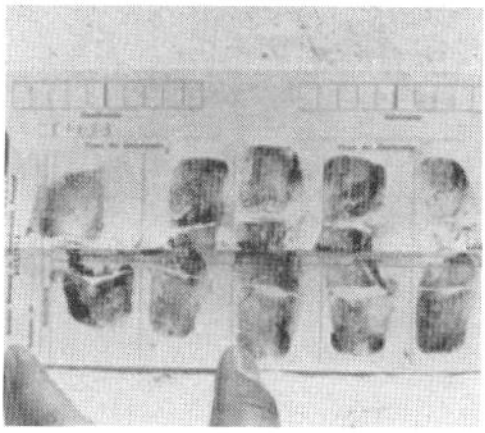

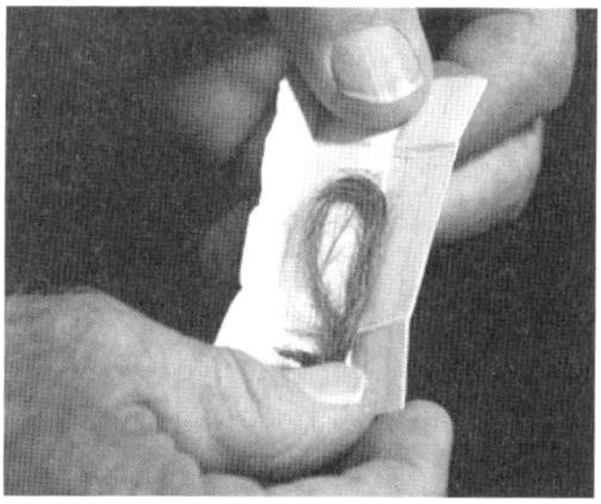

워싱턴 DC, 2007년 10월 25일, AFP 통신

미 국가안전보장국 문서국은 아르헨티나 출신 혁명가인 체 게바라의 체포, 처형, 비밀 매장지와 관련된 사진과 문서, 정보기관의 기록들, 지문 원본과 함께 그의 턱수염 수십 가닥을 10만 달러에 경매로 넘기면서, 최종적으로 40년 전 그의 죽음과 관련된 문서들을 기밀 정보 리스트로부터 해제했다. 1967년 10월 9일 볼리비아에서 처형되었던 체 게바라의 40주년 기념일에, 그 문서들을 최초로 공개한 것이다. 그 끔찍했던 대사건의 기록물들을 24일 어제 한 단독 입찰자가 사들였다. 체 게바라의 체포와 볼리비아 군이 주도한 체의 처형 후, 비밀리에 한밤중 체를 매장하는 임무를 맡았던 CIA 요원이자 쿠바 망명자였던 구스타보 비욜도가 모든 기록들을 수집하고 편집했다. 구스타보 비욜도는 체 게바라의 손이 잘리기 전, 그의 사체에서 지문 채취와 데스마스크(그가 정말 체포되고 처형되었는지 증명하는 작업) 제작을 지휘하였다. 그는 라틴 아메리카의 가장 유명한 혁명가에 대한 미국 CIA의 승리를 기념하는 전리품으로 체의 턱수염을 잘랐던 것이다. 이 대사건의 유물은 냉전 당시 혁명과 반혁명의 역사 속에서 가장 드라마틱한 사건으로 기록된다며, 미 국가안전보장국 문서국의 쿠바 문서 프로젝트 담당자인 피터 콘블러Peter Kornbluh는 말했다. 오늘 전달된 문서에는 체 게바라의 체포와 죽음에 대한 린든 존슨 미 대통령의 비밀 메모와 체의 처형 당시 CIA 활동요원이었던 펠릭스 로드리게스의 기밀누설금지령이 포함되어 있다. 베네수엘라 정부가 그 기념품 경매에 관심이 있다고 알려졌지만 휴스

톤의 한 서점 소유주인 빌 버틀러 씨가 체의 턱수염, 문서의 원본과 사진들을 사들였다. 미 국가안전보장국 문서국의 피터 콘블러는 문서와 스크랩북이 연구될 수 있도록 대중들에게 공개되거나 혹은 박물관에 기증되길 바란다고 전했다.

체 게바라의 유해가 담긴 관

1998년 12월 29일 아바나, 체를 포함한 4인의 유해가 쿠바로 돌아오고 있다

체가 죽은 지 40년이 지났지만 체는 여전히 세계인의 마음속에 살아 있다.

▶ 쿠바 산타클라라에 있는 체 게바라의 묘지

참고문헌

A 국외 참고문헌

체 게바라의 혁명사 및 관련 서적들

- Anderson, Jon Lee, *Che Guevara : A Revolutionary Life*, Grove Press, New York, 1997.
- Cabrera Infante, Guillermo, *Entre la Historia y la Nada*, en Mea Cuba, Vuelta. México, 1993.
- Castaneda, Jorge, *La vida del Che*, Editorial Sudamericana, Buenos Aires, 1997.
- Constenla, Julia, *Celia, la madre del Che*, 2ª. Edición, Editorial Sudamericana, Argentina, 2005.
- Escobar, Froilán y Guerra, Félix. *Che, sierra adentro*, La Habana, Política, 1988.
- Fernández Retamar, Roberto, *Fervor de la Argentina*, Ediciones del Sol, Buenos Aires, Argentina, 1993.

- Gadea, Hilda, *Che Guevara, Anos decisivos*, Aguilar, México DF, 1972.
- Guevara Lynch, Ernesto, *Mi hijo el Che*, Planeta, Barcelona, 1981.
- Gambiní, Hugo, *El Che Guevara, La biografía*, Planeta, 1996.
- Hobsbawm, Eric, *Historia del siglo XX*, Grijalbo, Buenos Aires, 1997.
- Miná, Gianni, *Habla Fidel*, Sudamericana, Buenos Aires, 1988.
- Rojo, Ricardo, *Mi amigo el Che*, Editorial Sudamericana, Buenos Aires, 1996.
- Saucedo Parada, Arnaldo, *No disparen...Soy el Che*, Editorial Oriente, Santa Cruz de la Sierra, 1986
- Taibo II, Paco Ignacio, *Ernesto Guevara, también conocido como el Che*, Planeta, Buenos Aires, 1997.

체 게바라에게 바치는 시들에 관한 서적들

- Aguirre, Mirta, *Cancieón Antigua a Che Guevara*, Pleg., Instituto Cubano del Libro, La Habana, 1970.
- Benedetti, Mario, *Inventario uno : poesía completa : 1950-1985*, Seix Barral, Buenos Aires, 1996.
- Dalton, Roque, *Poemas Clandestinos*, 2ª. Edición, Editorial Universitaria Centroamericana, EDUCA, 1982.
- Fernández Retamar, Roberto, *Aquel poema*, Revista Casa de las Américas, Número especial, *Recuerdos de Ernesto Che Guevara*, Número 46, enero-febrero, 1968.
- Guillén, Nicolás, *Obra poética de Nicolás Guillén*, Edit: Letras Cubanas, 2002.
- Taibo II, Paco Ignacio, *El cuaderno verde*, Ed: Planeta, México, 2007.
- Varios Autores, *Poemas al Che*, Ed: Instituto del Libro, La Habana, Cuba, 1969.

체 게바라의 시와 파블로 네루다의 『모두를 위한 노래』에 관한 서적들

- Ernesto Che Guevara, *Che desde la memoria. Los dejo ahora conmigo mismo : el que fui*, Selección y prólogo de Víctor Casaus, Centro de Estudios Che Guevara, Ocean Press, Melbourne, Nueva York, La Habana, 2004.

- Neruda, Pablo, *Fin del mundo*, Santiago, Edición de la Sociedad de Arte Contemporáneo, 1969.
- Neruda, Pablo, *Espana en el corazón*, Antología Poética, Selección y prólogo de Rafael Alberti, 4ª. Edición, Espasa-Calpe, Madrid, 1985.
- Neruda, Pablo, *Confieso que he vivido*, Buenos Aires, Planeta, 1992.

체 게바라의 저서

- *Episodes from the revolutionary war*
- *El socialismo y el hombre en Cuba*

체 게바라의 일기

- Guevara, Ernesto Che, *El diario del Che en Bolivia*, 25ª. Ed: Siglo Veintiuno Editores, México, 1988.
- Villegas, Harry, *Pombo: un hombre de la guerrilla del Che, Diario y testimonios inéditos*, 1966-1968, Editora Política, La Habana, 1996.

체 게바라의 시와 소설 기타 서간문 모음집

- Guevara, Ernesto Che, *La ventana iluminada. Artículos periodísticos escritos por el Che*, Selección de Pablo Noa, Pablo de la Torriente, Editorial, La Habana, 1999.
- Zito Lema, Vicente, *La Palabra en acción de Ernesto Che Guevara*, poemas, relatos y cartas, Editorial El Tornillo y la Zorra, 1997.

B 국내 참고문헌

『네루다 시선』, 파블로 네루다, 정현종 옮김, 민음사, 2008.

『라틴아메리카 문학탐색』, 민용태, 문학아카데미, 2000.

『메스티소의 나라들』, 고혜선, 단국대학교출판부, 1998.

『파블로 네루다 자서전』, 파블로 네루다, 박병규 옮김, 민음사, 2008

『체 게바라 평전』, 장 코르미에, 김미선 옮김, 실천문학사, 2005.

『체 게바라 자서전』, 체 게바라, 박지민 옮김, 황매, 2007.

『체 게바라의 모터사이클 다이어리』, 체 게바라, 홍민표 옮김, 황매, 2004.

『체 게바라, 파울로 프레이리, 혁명의 교육학』, 피터 맥라렌, 강주헌 옮김, 아침이슬, 2008.

『체 게바라와 쿠바 혁명』, 마이크 곤살레스, 이수현 옮김, 책갈피, 2005.

『체의 마지막 일기』, 체 게바라, 안중식 옮김, 지식여행, 2005.

『CHE 한 혁명가의 초상』, 페르난도 D. 가르시아·오스카 솔라, 안종설 옮김, 서해문집, 2001.

『쿠바, 잔혹의 역사 매혹의 문화』, 천샤오추에, 양성희 옮김, 북돋움, 2007.

파블로 네루다, 세사르 바예호, 니콜라스 기옌, 레온 펠리뻬 등 네 시인의 작품집과 관련비평서 등.

체 게바라의 홀쭉한 배낭

2009년 6월 26일 1판 1쇄 펴냄
2017년 11월 20일 1판 7쇄 펴냄

지은이 구광렬
펴낸이 정소성
편집 정미라, 성유빈
디자인 한시내
관리 · 영업 이승순

펴낸곳 (주)실천문학
등록 10-1221호(1995.10.26.)
주소 서울특별시 성북구 보문로 82-3 801호 (보문동 4가, 통광빌딩)
전화 322-2161~5
팩스 322-2166
홈페이지 www.silcheon.com

ISBN 978-89-392-0616-8 03810